Das Archiv der vergessenen Träume

Christina Terle

Herstellung und Verlag:
BoD - Books on Demand, Norderstedt
ISBN 978-3-7412-8872-2

Erste Auflage, November 2016
Umschlaggestaltung: Romina Göbner
Lektorat: Felicitas Czeyka / Praxedis Landsmann

Widmung

Ich widme dieses Buch meinen Lesern.
Ich widme DIR dieses Buch - in der Hoffnung, es möge dich zum Nachdenken anregen, inspirieren und ermutigen deinen Lebenstraum zu verwirklichen.
Es bedarf eine große Portion Mut, Geduld, Hoffnung und Vertrauen ein Träumer zu sein. Sei stolz auf dich!

Vorwort

Möge dein Lächeln sich in den Gesichtern der anderen spiegeln.
Mögen deine Tränen den Staub von deiner Seele waschen.
Mögen deine Worte die Sprache des Herzens sprechen.
Mögen deine Augen das Schöne in all den Dingen sehen, bis zu jenem Tag, an dem sie sich für immer schließen.

Kapitel 1

Die Herbstsonne schimmerte schwach durch die bunten Blätter. Die Bäume wurden von Tag zu Tag kahler und die Blätter hatten den grauen, langweiligen Asphalt in einen bunten Pfad aus orangen, gelben und roten Flecken verwandelt. Sophia blinzelte gegen die Sonne, als sie sich von der Schule auf den Nachhauseweg machte. Zuhause bei der Großmutter empfing sie bereits ein köstlicher süßer Geruch. Marillenknödel - ihr Lieblingsessen stand schon auf dem Tisch.
Nach dem Essen und den Hausaufgaben gingen Sophia und ihre Großmutter wie so oft spazieren. Beide genossen diese nachmittäglichen Spaziergänge sehr. Wie immer gingen sie auch diesmal entlang des alten Römerweges, welcher fast einmal rund um das Dorf führt. Am höchsten Punkt dieses Weges befand sich die Ruine einer alten Holzmühle. Das Windrad bestand nur noch aus drei Flügeln. Der vierte ließ sich nur noch erahnen. Das Dach war bereits zur Hälfte abgetragen und das dunkle Holz alt und von Regen und Schnee glanzlos und rau. Das einzige Fenster ganz oben hatte ein Loch und war mit Schmutz bedeckt, wodurch ein Blick ins Innere der Mühle unmöglich war. Wie jedes Mal, wenn sie diesen Punkt ihres Weges erreichten, inspizierte Sophia die Mühle sehr genau. Sie wartete bereits ungeduldig, bis sie den ersten Flügel des Windrades in einiger Entfernung erspähen konnte. Es fiel ihr nicht immer leicht ihre Spannung zu verbergen. Sophia fand die Mühle wunderschön und gleichzeitig geheimnisvoll, fast ein wenig unheimlich.
»Meinst du es lebte einmal jemand in dieser Mühle«, fragte Sophia ihre Großmutter.

»Du immer mit deiner Mühle und deinen Fragen. Wie oft hast du mich das jetzt schon gefragt«, antwortete die Großmutter etwas genervt. Sie rollte ihre Augen und stieß ein leichtes Schnaufen aus. Im nächsten Moment jedoch setzte sie ein Lächeln auf und fuhr fort »Seit ich hier wohne habe ich nie jemanden in dieser Mühle gesehen. Sie sieht auch seltsamer Weise immer gleich aus. Sie ist zwar alt, jedoch scheint sie seit Jahren nicht zu altern. Niemand kümmert sich um ihre Instandhaltung. Der Gemeinde und den Leuten im Ort ist sie egal. Nicht einmal für die Kinder ist es spannend hier zu spielen. Es geht ja auch irgendwie etwas Unheimliches von ihr aus. Nur du scheinst von dieser Mühle fasziniert zu sein.«

Die Großmutter seufzte und dachte bei sich: »Dieses Kind hat einfach zu viele Fragen. Wie kann man nur hinter jeder Sache, hinter jeder Tat einen Grund oder gar ein Geheimnis vermuten.«

Der abwesende Blick der Großmutter verriet Sophia, dass es an der Zeit war aufzuhören zu fragen. Doch die Mühle ließ sie einfach nicht los.

In der Nacht wie in so vielen Nächten der letzten Monate träumte Sophia von der alten Holzmühle. Sie stand davor, voller Faszination und Erwartung. Etwas Magisches zog sie zu der halboffenen Türe. Es fühlte sich an wie ein Fluss, eine unsichtbare Kraft, die sich warm um ihren Bauch legte und sie ganz langsam und doch sehr bestimmt Richtung Tür zog. Und wie jedes Mal war die Angst vor dem Ungewissen stärker und Sophia hörte plötzlich hinter sich die Stimme ihrer Großmutter: »Was findest du bloß an dieser Mühle, an diesem Ort.«

Sophia schrak hoch. Sie lag in ihrem Bett. Es war also alles in Ordnung. Ihr Pyjama klebte feucht an ihrem Rücken.

Unruhe hatte sich in ihr breit gemacht. Rastlos wälzte sie sich ein wenig hin und her. Ärger über sich selbst besetzte ihren Bauch. Es fiel ihr wirklich schwer wieder einzuschlafen. »Immer der gleiche Traum«, dachte sie. »Langsam wird es langweilig. Ich möchte einmal etwas anderes erleben, etwas anderes träumen. Nur ein einziges Mal. Seit Wochen dasselbe. Jede Nacht hält mich dieser Traum in einer Endlosschleife fest. Ich kann ihn nie zu Ende träumen. Er raubt mir den Schlaf. Und das ist richtig unpassend. Ich muss doch schlafen, ich muss doch fit sein für die folgenden Tage. Nächste Woche steht der Mathematiktest an. Und Mathe ist wirklich nicht meine Stärke. Dann kommt noch das Tennismatch auf mich zu. Ich mag diesen Sport gar nicht so. Und es stresst mich, dass ich das Match gewinnen muss, damit ich in die nächste Klasse aufsteigen kann.«

Und so kreisten ihre Gedanken weiter und weiter, bis sie alle Dinge, die sie musste und sollte durchdacht hatte und diese sie so müde machten, dass sie wieder zurück in ihren Schlaf fiel. Diesmal in einen traumlosen und leeren Schlaf.

Am nächsten Morgen saß Sophia mit ihren Eltern am Frühstücktisch und konnte ihre grünen Augen, die an einen Bergsee erinnerten, kaum offen halten.

Ihre Mutter schaute sie ein wenig sorgenvoll an und fragte: »Sophia, hast du denn nicht gut geschlafen. Du siehst ziemlich müde aus. Nicht, dass du noch krank wirst. Du weißt doch, nächste Woche erwarten dich wichtige Dinge: der Test, das Match...«

»Ja, Mama«, unterbrach Sophia ihre Mutter etwas schroff. Und dann weicher: »Es ist alles in Ordnung, ich bin nur ein wenig müde.«

Was sollte sie auch anderes antworten, dass sie schon wieder von der alten Holzmühle geträumt hatte und deshalb nicht so gut schlafen konnte. Nein! Sie hatte all die vergeblichen Erklärungsversuche satt. Sie wollte sich vor den Erwachsenen nicht mehr rechtfertigen müssen, warum die alte Mühle eine solche Faszination auf sie ausübte. Und als sie still mit hängendem Kopf zwischen ihren Schultern ihr Frühstücksbrot mit der selbstgemachten Marmelade ihrer Großmutter strich, entschied sie, in die Mühle zu gehen.

Der Entschluss zuckte durch ihren ganzen Körper. Plötzlich war sie hellwach. Sie bemerkte wie ein Schwarm Schmetterlinge sich in ihrem Bauch einnistete. Ihr Herz machte einen kleinen Sprung. Ein verschmitztes Lächeln machte sich in ihrem Gesicht breit. Sie war fest entschlossen.

»Ich bringe das jetzt hinter mich. Ich gehe in die Mühle.« Die Vorstellung daran ließ die Schmetterlinge gleich einen weiteren Rundflug in ihrem Bauch starten. Sie schloss kurz die Augen und versuchte ruhig durch ihr mit Sommersprossen geschmücktes Spitznäschen auszuatmen.

»Wahrscheinlich ist dort nichts. Nichts außer Staub und Schmutz. Vielleicht noch ein paar alte Geräte und jede Menge Spinnwebfäden. Hoffentlich keine Mäuse oder Ähnliches. Jedenfalls nichts Besonderes, ganz sicher nicht«, versuchte sie sich einzureden.

Doch wenn sie wirklich in die Mühle gehen wollte, brauchte sie einen Plan. Einen richtig guten Plan noch dazu. Der Wunsch alleine spazieren zu gehen, würde ihre Eltern doch sehr wundern. Dann würden jede Menge Erwachsenenfragen auf sie einprasseln. Dies wollte sie tunlichst vermeiden. Das Beste wäre somit, sie würde den Eltern erzählen, sie gehe ihre Freundin Ann besuchen.

Aber ein Besuch bei der besten Freundin am Wochenende vor dem Mathematiktest?
Eine wenig überzeugende Bitte.
Es musste also etwas Schulisches sein. Sophia runzelte die Stirn. Jetzt wusste sie es - ein Referat. Ein gemeinsames Referat war ein guter Grund an diesem Samstag, an dem sie eigentliche lernen sollte, angeblich zu ihrer Freundin zu gehen.
Voller Freude über ihren geheimen Plan setzte Sophia ihre Rede an. Aber dann hielt sie inne. Die Worte steckten ihr in der Kehle. Eine Schranke versperrte ihnen den Weg. Die Schranke »Du sollst nicht lügen!«
Sophia log eigentlich nie. Vor allem log sie nicht ihre Eltern an. Sie biss sich leicht auf die Lippen. In ihrer Kehle brannte es.
»Das ist wichtig!«, begann sie den inneren Konflikt mit sich auszutragen. »Ich muss endlich zu der Mühle gehen. Nicht nur für mich. Auch für die anderen.« Ja, ihre Eltern, die ganze Familie und ihre Freunde würden davon profitieren. Wenn ihre Neugierde endlich aufhörte, würde sie ihre Großmutter nicht mehr bezüglich der Mühle ausfragen. Sie könnte endlich wieder gut schlafen. Sie wäre in der Früh fröhlicher, in der Schule konzentrierter. Und sie dürfte endlich etwas Neues träumen. All diese guten Gründe würden wohl eine kleine Notlüge rechtfertigen, davon war Sophia überzeugt oder zumindest versuchte sie so, ihr leicht aufkeimendes schlechtes Gewissen zu unterdrücken.
»Ach!«, seufzte sie. Es kostete ihr Mühe ein bedrücktes Gesicht aufzusetzen.
»Was ist denn los, Sophia«, fragte ihr Vater sie über die Morgenzeitung hinweg. Das Lesen der Zeitung am Morgen, eine Sache über die sich die Mutter immer mal wieder aufregte.

»Ich habe ganz vergessen, dass Ann und ich am Montag das Naturkundereferat präsentieren müssen und uns fehlt hierfür noch der Schlussteil. Kann ich heute Nachmittag kurz zu ihr?« Sophias Herz pochte. Nun war es raus. Es gab kein Zurück mehr.

»Du solltest doch lernen, du weißt es hängt viel von diesem Test am Dienstag ab. Hättest du dir das nicht besser einteilen können? Du bist immer so chaotisch. Du brauchst einen Plan. Nicht nur für die Schule, den Sport, nein auch für später - für dein ganzes Leben«, sprudelte es aus ihrem Vater heraus. Er hatte die Zeitung gesenkt. Sein Blick, aufgeregt und sorgenvoll, ruhte auf ihr.

Nervös rutschte Sophia auf der Essbank hin und her. Es geht also wieder mal um den Plan. Dieses Thema nervte Sophia gewaltig. Immer wieder dieses Gerede über das Planen. Sie plante doch. Farbenfroh, aufregend und spannend. Doch für ihren Vater waren ihre Pläne nur Träumereien. »Ein Plan braucht Struktur. Einen definierten Weg und ein konkretes Ziel«, sagte er dann immer. Sophia mochte jetzt nicht diese Diskussion führen. Und somit warf sie ihrer Mutter ein dankbares Lächeln zu als diese ihren Vater unterbrach.

»Tja, wenn sie nun mal das Referat machen muss, Peter.« Er schüttelte den Kopf und nahm die Zeitung wieder auf. »Du kannst nach dem Mittagessen gehen, aber bitte versuch es so kurz wie möglich zu halten, sodass dir noch genügend Zeit für Mathe übrig bleibt.«

Ihre Mutter schaffte es immer eine Lösung zu finden, die allen zugutekam. Ihr Verhandlungs- und Vermittlungsgeschick bewunderte Sophia sehr. Ihre Art bestand aus einer besonderen Mischung aus analytisch, gerecht und liebevoll. Sophia schickte ihr ein stilles Dankeschön.

Gut, die Erlaubnis hatte sie hiermit. Jetzt musste sie nur noch den Vormittag überstehen und ihre Nervosität einigermaßen unter Kontrolle halten, damit das mit der Konzentration beim Lernen auch funktionierte.

Endlich zwei Uhr. »Geh, schon. Ich sehe doch, dass du seit gefühlten 10 Minuten die Uhr hypnotisierst«, sagte die Mutter.
Das war ihr Startschuss. Sophia sprang hoch. Ein bisschen zu schnell, die Tischdecke blieb an ihrer Hüfte hängen. Fast wäre Vaters Teller auf den Boden gelandet. »Sein kleiner Freigeist«, dachte er.
»Ich muss mich wirklich beherrschen«, mahnte sich Sophia. Die Eltern durften keinen Verdacht schöpfen. Und es war schon ziemlich verdächtig, dass sie sich so auf die Vorbereitung des Referates freute. Sie ging in ihr Zimmer und packte für das perfekte Alibi ihre Naturwissenschaftsbücher in ihren Rucksack. Schnell noch die Schuhe und die Jacke an und nichts wie ab durch die Türe.
Als die Tür hinter ihr in Schloss fiel bemerkte sie ihre Erleichterung. Ein Gefühl des Triumphs machte sich breit. Sie hatte es geschafft!
Doch dann die Ernüchterung.
Geschafft?
Geschafft war es eigentlich noch nicht. Zuallererst mal durfte sie niemand sehen. Vor allem nicht Frau Hausmann. Die neugierige Nachbarin schaute immer von ihrem Fenster aus auf die Straße. Sie hatte anscheinend den ganzen Tag nichts Besseres zu tun. Des Öfteren hatte Sophia sich schon gefragt, ob die alte Dame denn keinen Fernseher besäße. Ein Fernsehprogramm wäre doch wohl spannender, als das Geschehen in einer kleinen Wohnstraße eines 2000-

Menschenorts. Vor dem Haus angekommen blickte Sophia so unauffällig es ging hinauf zum Fenster von Frau Hausmann. Nichts! Die alte Dame hielt wahrscheinlich gerade ihren Mittagsschlaf. Was für ein Glück. Jetzt stellte sich die Frage, wie sie am besten zur Mühle gelangen sollte. Sophia überlegte fieberhaft. Ann wohnte nicht mal annähernd in derselben Richtung. Es wäre ein zu großer Umweg zuerst zu Anns Haus zu gehen und dann zur Mühle. Schließlich hatte die Mutter gemeint sie solle sich beeilen, was so viel hieß, wie, dass sie bis zum Abendbrot um fünf Uhr wieder zuhause sein musste. Außerdem wäre es hinderlich, wenn Ann sie sehen würde. Denn dann müsste sie ihr erstens erklären was sie in ihrer Nachbarschaft machte und zweitens warum sie keine Zeit hätte, kurz ins Haus zu kommen. Von der Mühle konnte sie Ann auf keinen Fall erzählen. Sophia hatte es einmal versucht. Damals vertraute sie Ann an, dass sie die Mühle so geheimnisvoll und magisch fand. Ann hatte nur gelacht und etwas boshaft geantwortet, ob sie denn ein Junge sei. Schließlich interessieren sich nur Jungs für altes dreckiges Zeug. Als echtes Mädchen würde sie nie in die alte Mühle gehen. Ihre neuen weißen Sneakers würden schmutzig werden und sicher gäbe es überall Spinnweben, die sich in den Haaren verfangen und vielleicht sogar Fledermäuse. Und Fledermäuse, so fuhr Ann fort, wären echt ekelig. Es ging zwar derzeit ein richtiger Vampirhype in der Schule um. Filme, Bücher und sogar die Einbände der Lernhefte waren voll von Vampiren. Doch kamen in all diesen Geschichten und auf den Abbildungen keine Fledermäuse vor. Fledermäuse lagen somit gar nicht im Trend. Das war das einzige Mal, dass Sophia Ann, die ihre beste Freundin war und die eigentlich alle Interessen mit ihr teilte, von der Mühle erzählte.

Somit war klar, Sophia musste den direkten Weg zur Mühle nehmen. Nochmal ein Blick hinauf zu den Fenstern. Nein, auch ihre Mutter war nicht zu sehen. Und so ging sie schnell auf die Straße und bog auf den linken Weg ein. Den Weg zur Mühle. Sie lief schnell die kurze Straße entlang. Als sie endlich um die Ecke gebogen war, lehnte sie sich keuchend an die Holzgarage eines Einfamilienhauses. Sie nahm sich ein paar Minuten Zeit, um wieder zu Kräften zu kommen. Sophia merkte, wie sich der stechende Schmerz in ihrer Lunge langsam beruhigte. Zügig ging sie weiter. Vermied es jedoch zu laufen. Sie wollte keinesfalls auffallen. Als sie sich nach 30 Minuten dem höchsten Punkt des Römerweges näherte, wurden ihre Schritte langsamer. Die Füße fühlten sich an, als steckten sie in Bleischuhen. Es war mühsam sie zu heben. Ihr Herz klopfte schneller, ihre Hände waren kalt und von einem feuchten Flaum umhüllt.

»Was für eine stumpfsinnige Idee«, schimpfte sie still vor sich hin. »Jetzt habe ich meine Eltern belogen, habe mich nicht auf den Mathetest vorbereitet und war nicht mal bei Ann und wofür? Dafür, dass ich mich jetzt nicht traue, mein Vorhaben durchzuziehen.«

Sie blieb kurz stehen und verlagerte ihr Gewicht schnell von einem Fuß auf den anderen, um nicht in gänzliche Starre zu verfallen.

»Nein, wenn ich das schon alles auf mich genommen habe, dann muss es auch für etwas gut gewesen sein«, sprach Sophia sich Mut zu. Sie ballte ihre Fäuste, atmete tief durch und ging schnellen Schrittes das letzte Stück zur Mühle.

Als sie vor der Mühle stand, drehte sie sich kurz um. Kein anderer Spaziergänger war zu sehen. »Was für ein Glück«, dachte sie. Schließlich war Samstag und der Römerweg war eine beliebte Strecke für Wochenendaktivitäten. Flink stieg sie über den niedrigen Holzzaun, der mehr eine Dekoration als eine Absperre darstellte. Sophia fragte sich warum das wohl so war. Ob die Leute von der Ortsverwaltung eventuell dachten, die Mühle wäre unheimlich genug, um Kinder davon abzuhalten sie zu betreten? Dass es deshalb nicht nötig sei, sie mit einem Zaun zu versperren?

Sophia stand nun im kniehohen Gras zwei Meter vor der Mühle und erinnerte sich an ihren Traum. Der Traum, der sie seit Monaten regelrecht verfolgte. Gespannt wartete sie ab. Doch da kam keine unsichtbare Kraft, die sich um ihren Bauch legte, um sie zur Türe zu ziehen. Ein niedergeschlagenes Lächeln zuckte über ihre Lippen. Ihre Großmutter und all die anderen hatten schließlich doch Recht. Es gab keine Magie an diesem Ort. Immerhin war sie mit ihren 13 Jahren auch wirklich zu alt, um an Magie zu glauben. Es wird wirklich Zeit erwachsen zu werden. Die Ernüchterung stimmte sie ein bisschen traurig. Doch da der Ort nun seine Magie verloren hatte, konnte sie ihn problemlos besichtigen.

Drei dunkelgraue Steinstufen führten hinauf zur alten Holztür. Diese stand wie immer drei handbreit offen. Als Sophia die Stufen hinaufstieg, sah sie, dass diese in der Mitte ziemlich ausgetreten waren. Es war, als ob der mittlere Teil der Stufen mindestens fünf Zentimeter tiefer lag. Sie fragte sich, wie viele Menschen über die Jahre wohl diese Stufen hinaufgegangen waren, damit ihre Schritte im harten, grauen Stein solch einen Eindruck hinterließen. Am Treppenabsatz angekommen, schlängelte sie ihren sportlichen Körper durch den offenen Türspalt. Kalte, dunstige Luft strömte ihr entgegen und es roch ein wenig wie auf Großvaters Dachboden. Ein Geruch von feuchtem Holz, Süße und Vergangenheit.

Im Inneren der Mühle war es dunkel. Das schmutzige Fenster erlaubte es dem Tageslicht kaum in die Mühle zu schauen. Der schwachen Herbstsonne war der Zutritt somit verwehrt. Nach ein paar Minuten hatten sich Sophias Augen an die Dunkelheit gewöhnt. Sie drehte sich einmal langsam um ihre eigene Achse.

Die Mühle bestand aus einem einzigen großen Raum. Der Boden war mit einer dicken Staubschicht bedeckt. In der Mitte befand sich ein mächtiges rundes Holzgefäß, das aussah wie ein übergroßer Eimer. Darüber hing ein weiteres, etwas kleineres Gefäß, ein Trichter, welcher einer umgedrehten Pyramide ähnelte. Sophia trat näher. Durch diesen Trichter musste damals das gemahlene Mehl in das Holzgefäß geronnen sein. Unweit davon befanden sich zwei alte morsche dreibeinige Holzsessel. Und am hintersten Ende des Raumes konnte Sophia eine Treppe erkennen. Sie stapfte sachte über den Staubteppich Richtung Treppe. In der Dunkelheit ließ sich eine schmale, enge Wendeltreppe erahnen, die in den oberen Stock führte.

Enttäuscht von der spärlichen Ausrichtung in der Mühle entschied Sophia, dass ihr Ausflug nun beendet war. Sie war sich sicher, dass der obere Stock keine Besonderheiten zu bieten hatte. Das Risiko, dass sie sich beim Aufstieg den Fuß brechen könnte, weil die alte Wendeltreppe ihr Gewicht nicht halten würde, war zu groß. Wie sollte sie zuhause das gebrochene Bein erklären, noch dazu da es nächste Woche das Tennismatch zu schlagen gab. Somit drehte sie am Absatz der Wendeltreppe um und ging dem Licht, das durch den Türspalt schien entgegen, um zurück ins Freie zu gelangen. Ihre Hand berührte die Eingangstüre.

»Endlich!«, ertönte es hinter ihr. Sophia zuckte zusammen. Spielte ihre Phantasie ihr einen Streich? Konnte sie einfach nicht loslassen von der fixen Idee, dass irgendetwas in dieser Mühle war. Sie schüttelte den Kopf. Entschlossen setzte sie den rechten Fuß durch den Türspalt. »Endlich!«, noch einmal ertönte es, diesmal unverkennbar. Da war jemand. Sophia drehte sich sehr achtsam um. Sie traute sich kaum zu atmen. Niemand war im Raum und alles schien wie bis vor ein paar Minuten. Das Holzgefäß, der Trichter, der aussah wie eine umgedrehte Pyramide, die zwei dreibeinigen Holzstühle. Alles war an seinem Platz. Auch der staubige Fußboden, in dem sich unverkennbar das Muster ihrer Sneakers abzeichnete, verriet, dass nur sie durch den Raum gegangen war. Die Stimme musste aus dem ersten Stock kommen. Sophia sträubte sich vor der brüchigen, unsicheren Wendeltreppe.
Doch ihre Neugierde siegte. Wer verbarg sich hinter dieser weichen, tiefen und doch sehr freundlichen Stimme. Und was bedeutete „endlich". Tausend Gedanken schossen Sophia durch den Kopf, als sie langsam und sehr vorsichtig die Wendeltreppe emporstieg. Es könnte sich um den Müller handeln, der sich vielleicht bei der Arbeit verletzt hatte und nun kam endlich Rettung. Aber hatte Großmutter nicht erzählt, dass die Mühle leer steht seit sie im Ort wohnt und das muss nun schließlich über 50 Jahre sein. So lange konnte doch niemand ohne Essen ausharren. Vielleicht ein Gespenst. Ach nein, an so etwas glaubte sie nun wirklich nicht. Noch dazu hatten Gespenster, falls es sie gab, etwas Unheimliches, ja vielleicht sogar Böses an sich. Gespenster konnten doch nicht eine so freundliche Stimme haben. Plötzlich blieb Sophia stehen. »Was wenn diese freundliche Stimme sie direkt in eine Falle lockte?« Zweifel nagten an ihr. Sie sah hinauf. Es fehlten nur mehr drei Stufen. Sie hatte

den gefährlichen Aufstieg ohne größere Schwierigkeiten geschafft. Wenn sie jetzt kneifen würde, ließe sie das Geheimnis der Mühle nie mehr los. Umkehren war somit ausgeschlossen. Sie wollte ins obere Stockwerk der Mühle gelangen und herausfinden was oder wer sich dort befand.

Auf der letzten Stufe angekommen bemerkte Sophia, dass der obere Raum der Mühle in ein warmes schimmerndes Licht getaucht war. Sie wunderte sich, dass das schmutzige Fenster und die paar Löcher im Dach für solch eine Helligkeit sorgen konnten. Als sie den Kopf zur Decke streckte bemerkte sie jedoch, dass die Herbstsonne gar nicht durch das löchrige Dach schien. Am Treppenabsatz angekommen, musste Sophia einige Male blinzeln, um sich an die neuen Lichtverhältnisse zu gewöhnen. Hier erinnerte nichts mehr an den dunklen, schmutzigen unteren Raum. Das achteckige Zimmer war um die Hälfte kleiner als der untere Raum. Und strahlte, nicht zuletzt dank des schillernden Lichtes, Gemütlichkeit aus. Nachdem sich Sophias Augen an das Licht angepasst hatten, musterte sie prüfend ihre Umgebung. Das Zimmer glich einem regelmäßigen Achteck. Die Wendeltreppe erlaubte einen Eintritt von der linken Seite aus. Am gegenüberliegenden Ende befand sich das kleine Fenster. Und im hinteren Teil … war ein Schatten. Sophia erschrak. Sie hatte fast vergessen, dass sie der Stimme gefolgt war. Sie war nicht alleine in dem Raum. Angespannt lauschte sie. Nichts. Nur der Wind, der leicht die alten Mühlenflügel tanzen ließ. Sie hielt die Luft an, schloss für einen Moment die Augen und horchte abermals gespannt. Keine Stimme. Nichts. Vielleicht hatte sie sich alles doch nur eingebildet. Sophia starrte gebannt auf den Schatten. Doch das Licht blendete zu sehr. Sie konnte nur verschwommen Umrisse erkennen. Der Schatten schien sich jedoch nicht zu bewegen. Somit

entschied Sophia, dass es sich wohl um einen kleinen Schrank handeln würde. Wahrscheinlich hatte der Müller dort seine Vorräte aufbewahrt oder sein Werkzeug. Tapferen Schrittes bewegte sich Sophia weg von der Wendeltreppe in die Mitte des Raumes. Bedacht aber gezielt ging sie dem Schatten entgegen. »Endlich!« da war sie wieder, diese ruhige, tiefe Stimme. Die Konturen wurden klarer und der Schatten nahm langsam Form an. Er reichte Sophia circa bis zum Bauch und war ziemlich unförmig. Er sah wirklich aus wie ein kleiner Kasten. Als Sophia jedoch noch näher trat nahm der Schatten die Form eines Kegels an. Sie erkannte, dass der obere kleine Teil viel schmaler war als der untere. Jedoch sah sie keinerlei Arme oder Beine. Erst jetzt fiel ihr auf, dass sie noch kein Wort gesagt hatte, sondern auf den Schatten ohne zu überlegen, einfach beobachtend Schritt für Schritt zutrat. Abrupt hielt Sophia inne. Sie überlegte also krampfhaft was sie sagen sollte: »Hallo!«, »Wer bist du!« oder doch »Warum sagst du immer »endlich«. Als sie sich schließlich für ein schlichtes »Hallo!?« entschieden hatte und bereits ansetzen wollte, blieb ihr das Wort im Hals stecken und es kam lediglich ein kleines Krächzen aus ihrem Mund. Sie sah die Gestalt nun deutlich vor sich.
Ein großer Pinguin stand ihr gegenüber. Sophia sah ihm direkt in die schwarzbraunen Augen. Er öffnete den orangegelben Schnabel und zum vierten Mal ertönte das nun bereits vertraute »endlich!«.
»Ich habe bereits auf dich gewartet, Sophia. Du hast dir Zeit gelassen. Aber das ist jetzt nicht mehr wichtig. Nun bist du ja hier.«
Woher kannte er ihren Namen und was meinte er damit, dass sie sich Zeit gelassen habe. Es war ziemlich mühsam die alte Wendeltreppe hinaufzuklettern ohne durch eine der großen Zwischenlücken zu fallen. Sie hätte es gar nicht schneller

schaffen können. Doch irgendetwas an der Art wie der Pinguin zu ihr sprach, gab ihr das Gefühl, dass er vielleicht gar nicht die Zeit zwischen seinem ersten »Endlich« und ihrer jetzigen Begegnung meinte.
Sophia nahm ihren ganzen Mut zusammen und plötzlich sprudelte es aus ihr heraus: »Wer bist du? Woher kennst du meinen Namen? Was machst du hier? Und warum sagst du immer und immer wieder *endlich*?«
Der Pinguin sah sie gütig an, es schien als ob seine Augen ein ganz klein wenig schelmisch lächeln würden. »Das sind sehr viele Fragen, Sophia. Aber das ist in Ordnung. Dein immerwährendes Fragen nach dem Warum und Wieso ist ja die Eigenschaft, die dich zu mir geführt hat.«
Das kam Sophia bekannt vor. Sie hörte es andauernd von ihren Eltern, der Großmutter, manchmal sogar von ihren Freunden: »Warum musst du hinter jeder Sache, hinter jeder Tat immer ein Warum und ein Wieso vermuten. Du fragst einfach zu viel.« Während diese Worte jedoch bis zu jenem Moment immer vorwurfsvoll und urteilend geklungen hatten, schien der Pinguin ihr für diese Eigenschaften ein Kompliment zu machen.
»Nun«, fuhr er fort, »ich kenne dich und somit auch deinen Namen. Ich habe dich gerufen. Ich rufe dich schon seit ein paar Monaten und doch bist du erst heute gekommen. Du hast dir also Zeit gelassen. Und endlich - endlich - drückt aus, wie glücklich und erleichtert ich bin, dass du mich gehört hast und nun endlich hier bist.«
Seine Worte klangen weise und trotzdem beantworteten sie keine der Fragen, die Sophia dem Pinguin gestellt hatte. Sophia versuchte sich somit noch deutlicher auszudrücken und setzte nochmals zu einem Schwung von Fragen an: »Warum kennst du mich und warum hast du mich gerufen? Wer bist du und was machst du hier?«

»Auf die Frage warum ich dich kenne, gibt es keine Antwort, die du hier und jetzt verstehen würdest. Ich habe dich gerufen, weil ich deine Hilfe benötige. Ich habe viele gerufen ...« Sein Blick wanderte in die Ferne. »Aber du bist gekommen und das ist gut so.«

Wiederum hatte der Pinguin so rätselhafte Worte verwendet. Etwas genervt wollte Sophia nochmals versuchen aus der Situation schlau zu werden. Doch dazu kam sie nicht. Der Pinguin trat drei Schritte zur Seite und hinter ihm kam ein großer bernsteinfarbener Globus zum Vorschein. Er ruhte majestätisch auf vier dunkelbraunen, spiralförmigen Säulen. Der Globus erinnerte Sophia an den kleinen Holzglobus, der im Büro ihres Großvaters neben dessen Schreibtisch stand. Als sie noch jünger war, wollte sie des Öfteren damit spielen. Der Globus drehte sich nämlich wie ein Kreisel, wenn man ihm mit der Hand einen Schubs gab. Großvater war davon nie begeistert gewesen und sie hatte sich das eine oder andere lautere Wort anhören müssen, wenn sie es doch mal wagte und dem Globus einen leichten Stoß verpasste. Damals verstand sie nicht, wie der Großvater mit so einem tollen Spielzeug nicht spielen wollte und es auch ihr nicht erlaubte. Sophias Augen prüften eingehend den großen Globus hinter dem Pinguin. Rotbraune Linien zeichneten die sieben Weltkontinente. Ganz deutlich erkannte sie Europa und Afrika, Asien und Amerika hingegen ließen sich nur durch zwei kleine Ecken erahnen. Amerika links und Asien rechts. Zwischen den Kontinenten in den hellblauen Wellen der Ozeane waren Schiffe zu erkennen. Ihre Flaggen konnte Sophia nicht deuten. Sie schienen keine der ihr bekannten Staatsflaggen zu sein. Soweit ähnelte der Globus, abgesehen von seiner imposanten Größe und der schönen Farben, wirklich dem ihres Großvaters. Wären da nicht diese Inschriften, die immer mal wieder auf der Globuskugel aufblitzten. Die goldenen Lettern waren in verschnörkelter, sehr kleiner Schrift geschrieben. Sie waren so eng aneinander gereiht, dass der vordere Letter beinahe den darauffolgenden verschlang. Sophia konnte die Inschriften nicht entziffern und sie wusste nicht, ob es an der eigenartigen Schrift lag oder daran, dass die Inschrift vielleicht gar nicht in deutscher Sprache verfasst war.

»Das ist das Archiv der vergessenen Träume«, unterbrachen die Worte des Pinguins Sophias Beobachtungen. »Deshalb bist du hier. Ich bin der Wächter des Archivs und ich brauche dringend deine Hilfe.«

»Das Archiv der vergessenen Träume«, wiederholte Sophia halb verzaubert, halb fragend: »Du meinst, das ist so etwas wie der Friedhof für vergessene Träume.«

»Nein!«, unterbrach sie der Pinguin mit bebender lauter Stimme. Die weißen Härchen auf seiner Brust standen wie winzige Spieße senkrecht in die Höhe. Die Freundlichkeit war aus seinen Augen gewichen. Mit ruhiger Ernsthaftigkeit blickte er Sophia an und fuhr dann etwas leiser fort: »Dies ist kein Friedhof. Es ist ein Archiv. Der Unterschied ist bedeutend.«

Sophia schlug die Augen nieder. Verschämt musterte sie die gar nicht mehr so weißen Schuhspitzen ihrer Sneakers. »Ich weiß nicht was ein Archiv ist«, gestand sie mit gedämpfter Stimme.

Der Pinguin entspannte sich. Wohlwollend begann er zu erklären: »Ein Archiv ist ein Ort, wo man wichtige Dinge aufbewahrt. Sobald ein Traum von seinem Träumer vergessen wurde, begibt er sich in das Archiv. Dort bleibt er bestehen. Er stirbt also nicht. Ein Traum, wurde er einmal geträumt, kann nämlich nicht sterben. Jedoch braucht er einen Ort, an dem er sich begeben kann, wenn sein Träumer ihn aufgibt. Und so kommt jeder vergessene Traum ins Archiv.«

Sophias Augen wurden groß. »Du meinst also, wenn ich in der Nacht träume und mich am nächsten Tag nicht mehr an meinen Traum erinnern kann, oder wenn ich den Traum nur einmal träume und dann nicht mehr daran denke, dann kommt mein Traum hierher ins Archiv«, versuchte sie zu verstehen. Der Pinguin schüttelte langsam sein rundes Köpfchen. Von einer Seite zur anderen und seine braunschwarzen Augen schienen immer dunkler und dunkler zu werden.

»Das Archiv beherbergt nicht diese Art von Träumen«, stellte der Wächter klar. »Die Träume, die du in der Nacht träumst sind Geschichten, die deiner Phantasie entspringen. Sie helfen dir, Dinge zu verstehen, die du während des Tages nicht begreifen kannst.«

»Ach, dann sind die Träume im Archiv einfach Wünsche. Ich verstehe«, unterbrach ihn Sophia.

»Nein, du verstehst es nicht.« Abermals wurde die Stimme des Pinguins lauter. Sophia fühlte sich ein bisschen unbehaglich. Ebenso, als wäre sie gerade von ihrer Lehrerin auf die Tafel zitiert worden. Sie wippte sichtlich nervös vor und zurück. Der Wächter schien dies bemerkt zu haben. »Verzeih mir meine schroffe Art. Aber es ist einfach wichtig. Wir dürfen keine Zeit mehr verlieren«, versuchte er sich zu erklären. »Die Träume im Archiv sind auch keine Wünsche. Weißt du denn, was ein Wunsch ist, Sophia? Ein Mensch hat im Leben rund 234 Wünsche. Von diesen 234 Wünschen sind nur rund 5 wirkliche große, aufrichtige Wünsche. Diese 5 Wünsche machen das Leben bunter, glücklicher. Ja, vielleicht sogar besser. Die restlichen Wünsche hingegen sind nur flüchtige manchmal sogar oberflächliche Gedanken. Die Menschen wünschen sich ein

tolles Haus. Mindestens fünf neue Autos im Laufe eines Lebens. Schönen glitzernden Schmuck, die CD ihrer Lieblingsband oder eine Kreuzfahrt.«
Der Wächter machte eine kurze Pause und Sophia ließ das eben Gesagte auf sich wirken. »Verstehst du Sophia, die Menschen haben viele Wünsche. Doch jeder Mensch hat nur einen einzigen Lebenstraum. Dieser Traum macht ihn aus. Er beinhaltet sein einzigartiges Talent, seine Lebensaufgabe, seine Vision.«
Zufriedenheit legte sich auf das Gesicht des Wächters. Und sein Lächeln schien dem Raum noch mehr Wärme zu verleihen. Dann wurde sein Gesichtsausdruck wieder härter.
»Leider gibt es Menschen, die ihre Träume aufgeben. Und da Lebensträume nie sterben, brauchen sie einen Ort, an dem sie sich zurückziehen können, wenn ihr Träumer sich von ihnen trennt. Die Träume kommen dann hierher ins Archiv. Und ich wache über sie. Ich behüte all die wunderbaren Träume, die einmal geträumt, aber nie verwirklicht wurden. Es ist eine sehr schöne doch gleichzeitig auch traurige Aufgabe.«
Sophia lauschte dem Pinguin gebannt. Bewegt und mit brüchiger Stimme fragte sie: »Wenn jeder Mensch einen eigenen Lebenstraum hat, der ihn ausmacht, wie kann es sein ...«, sie stockte. »Wie ist es möglich, dass jemand seinen Lebenstraum aufgibt?«
Der Wächter nickte als verstehe er ihr Unverständnis. »Ich habe darauf keine Antwort, Sophia. Jedoch geben immer mehr Menschen ihren Lebenstraum auf. Das war früher nicht so. Nein. Früher kamen ganz selten Träume ins Archiv. Und es gab Zeiten, da verließen einige Träume das Archiv auch wieder. Das geschieht, wenn sich ein Mensch an seinen Lebenstraum erinnert und ihn wieder weiterträumt, ihn gar verwirklicht. Diese Augenblicke liebe ich am

Wächterdasein«, sprach der Pinguin. Seine Augen wurden immer dunkler und waren nun tiefschwarz. »Sophia, das Archiv ist fast voll. Es gibt kaum mehr Platz für neue vergessene Träume.«

Sophia schnappte nach Luft: »Was passiert, wenn das Archiv voll ist?«

Der Pinguin senkte seinen Kopf und sprach kaum hörbar weiter: »Wenn das Archiv voll ist, verschwinden die Träume von dieser Welt. Niemand wird mehr einen Lebenstraum haben. Denn du erinnerst dich, ein Traum, einmal geträumt stirbt nicht und er braucht einen Platz an den er sich begeben kann, wenn sein Träumer ihn vergisst. Wenn es jedoch keinen Ort mehr gibt, an dem sich die Träume begeben können, dann wird es auch keine Träume mehr geben.«

Stille machte sich breit.

»Warum erzählst du mir das?«, fragte Sophia traurig.

»Es gibt noch eine einzige Möglichkeit, die Lebensträume zu retten. Der Rat der Wächter ...«

»Der Rat der Wächter«, entfuhr es Sophia. »Ja, ich bin nicht der einzige Wächter. Es gibt sieben von uns, für jeden Kontinent einen. Wir haben beschlossen den Notfallplan zu aktivieren. Jeder von uns hat um die Hilfe der Kinder gebeten. Ihnen allein ist es möglich, die Erwachsenen zu überzeugen, ihre Lebensträume weiter zu träumen. Es genügt bereits, wenn jeder Wächter ein Kind für die Rettungsaktion gewinnen kann und jedes Kind drei Träume rettet.«

»Aber hast du nicht gesagt das Archiv sei fast voll?« Welchen Unterschied macht es dann, wenn 21 (tja und da soll ihr Vater nochmal sagen, sie sei nicht gut in Mathematik) Träume gerettet werden«, hinterfragte Sophia ungläubig.

Der Wächter lächelte fast wieder und seine Augen wurden abermals bernsteinfarben. »Das ist die Magie der Träume, Sophia. Wenn auch nur 21 Menschen ihren Lebenstraum wieder aufnehmen, dann inspirieren sie andere Menschen es ihnen gleichzutun.«
Immer noch etwas ungläubig nickte Sophia.
»Also bist du bereit?«, freute sich der Wächter.
»Wofür?«
»Drei Menschen davon zu überzeugen, ihren Lebenstraum wieder aufzunehmen.«
»Was ich? Jetzt? Sofort?«, sprudelte es aus Sophia. Wie stellte er sich das vor? »Ich habe mich heimlich hier her geschlichen, niemand weiß wo ich bin. Ich muss bis zum Abendbrot zurück sein. Diese Woche habe ich einen Mathematiktest und nächste Woche ein Tennisspiel.«
Der Pinguin sank in sich zusammen. Sein kleiner Kopf lag auf seiner plüschigen grau-weißen Brust. Sophia wagte es nicht, ihm in die Augen zu blicken. Sie war sich sicher, dass diese wieder kleine schwarze Knöpfe waren.
»Du hast also nichts verstanden. Wie eine Erwachsene hast du mich mit deinen Terminen konfrontiert und mir eine Absage erteilt«, murmelte der Pinguin.
»Es tut mir leid. Vielleicht in den Semesterferien«. Sophia drehte sich um. Sie vernahm nur noch ein »dann ist es doch schon längst zu spät«.

Ein unglaublich lauter Knall ließ Sophia erschrocken innehalten. Was immer diesen Knall auslöste hatte jede Menge Staub aufgewirbelt. Der achteckige Raum war plötzlich wie von Nebel durchdrungen und Sophia befürchtete, der Wächter wäre nun verschwunden.

Kapitel 2

Leon genoss einen der letzten sonnendurchfluteten Herbsttage. Er trat mit voller Wucht in die Pedale seines Fahrrads. Die Sonne wärmte sein Gesicht und der Herbstwind wirbelte durch sein dunkelblond gekraustes Haar. Am Hügel des Römerweges angekommen, hielt er ganz außer Atem an. Er überlegte kurz, ob er den Weg noch zu Ende und durch den Ort zurück nach Hause fahren oder doch lieber sofort umkehren sollte. Er sah auf seine Uhr. Kurz vor drei. Eigentlich schrieb seine Klasse am Montag einen Grammatiktest, doch er hatte so gar keine Lust zu lernen. Zuhause vermisste ihn auch niemand. Seit sich seine Eltern vor gut einem Jahr getrennt hatten, genoss er vollkommene Freiheit. Meist erzählte er seiner Mutter er würde den Samstagnachmittag bei seinem Vater verbringen und seinem Vater tischte er dieselbe Geschichte nur umkehrt auf. Was zur Folge hatte, dass er am Samstagnachmittag tun und lassen konnte, was er wollte. Es kümmerte immerhin niemanden. „Ja, es kümmert immerhin niemanden", murmelte er laut vor sich hin und trat trotzig weiter in die Pedale, entschlossen doch noch den Römerweg zu Ende zu fahren. Er raste den Hügel hinunter und bog um die Kurve, hinter der die alte Mühle lauerte. Leon warf einen verstohlenen Blick in Richtung Mühle. Wie jedes Mal bekam er unwillkürlich eine Gänsehaut. Diese Mühle hatte einfach etwas Unheimliches an sich.

Als er in der zweiten Klasse war, hatte er mit Mark und Lukas eine Mutprobe veranstaltet. Jeder von ihnen sollte über den kleinen Holzzaun springen und den Türknauf der alten Holztüre berühren. Leon machte den Anfang. Er sprang über den niedrigen Zaun und stampfte mutig durch das hohe Gras. Als er sich jedoch der Türe näherte, wurden seine Schritte immer kleiner und sein Gang verlangsamte sich. Er blickte sich nach Mark und Lukas um, die ihm aus der Ferne zusahen. Er konnte sich unmöglich vor den beiden blamieren. Sie waren zwei Jahre älter als er und ihre Freundschaft verschaffte ihm in seiner Klasse einen besonderen Stellenwert. Seine Mitschüler fanden es nämlich ziemlich cool, dass er in den Pausen bei den älteren Schülern stand. Dies bedeutet nämlich, dass er schon viel erwachsener war als sie. Es wäre unklug Mark und Lukas jetzt Grund zur Annahme zu geben, dass er doch noch solch ein Baby wie seine Mitschüler war. Somit ballte Leon seine Hände zur Faust. Er fokussierte sich auf die Türe und beschleunigte seinen Gang. Er sprang die drei ausgetretenen Steinstufen hinauf und streckte seine Hand nach dem Türknauf. Doch noch bevor er diesen berührte, sprang die alte Türe knarrend auf. Leon schnappte nach Luft und wich erschrocken zurück. Ein feuchtwarmer Geruch stieß ihm entgegen. Er hielt den Atem an. Seine Handflächen waren kalt und nass. Rasch wich er zwei kleine Schritte zurück. Er atmete einmal tief aus, um sich seine Angst nicht anmerken zu lassen, und lief dann zu den anderen beiden Jungs zurück. Kaum war Leon in Hörweite, fing Mark auch schon an ihn zu kritisieren. Er gestikulierte wild mit beiden Händen und erklärte, dass Leon die Spielregeln verändert hätte, indem er die Türe geöffnete hatte. Mark und Lukas hätten somit nicht die gleichen Voraussetzungen für die Mutprobe und würden deshalb nicht mehr mitmachen. Leon war richtig wütend auf die beiden. Er sah, dass sie trotz des zweijährigen Altersunterschieds genauso so viel Angst hatten wie er. Er fühlte sich von den beiden hintergangen. Immerhin hatte er sich der Gefahr ausgesetzt und sich der Mühle genähert. Und sie - die beiden Älteren - kniffen nun. Nach diesem Tag war ihre Freundschaft nicht mehr so innig. Die beiden mieden ihn am Schulhof und unternahmen auch an den Nachmittagen immer weniger mit ihm. Leon hatte an diesem Tag gesehen, dass auch die zwei coolsten Kids der Schule Angst hatten. Mit diesem Wissen wurde er eine Gefahr für sie. Denn er hatte nun die Möglichkeit ihren Ruf zu schädigen. Leon jedoch hatte den beiden gegenüber nie - und auch niemandem sonst - je erwähnt, dass die Türe damals von alleine aufgesprungen war. Seit diesem Tag stand die Türe der alten Mühle immer einen Spalt offen. Und Leon schauderte jedes Mal, wenn er sich das Erlebnis in Erinnerung rief.

Im Vorbeifahren blickte Leon wie jedes Mal kurz zur Türe der alten Mühle. Doch was war das? Da war jemand. Er bremste so heftig, dass er fast das Gleichgewicht verlor und stieg vom Rad. Langsam und leise schob er es zum Zaun und stellte es hinter einer großen alten Linde ab - die Augen immer auf die Mühle gerichtet. Als er sich dieser näherte, erkannte er zweifellos ein Mädchen aus seiner Nachbarklasse. Sie hieß Sophia oder so ähnlich. „Was machte ein Mädchen so nahe bei der Mühle?", wunderte er sich. Sogar Mark und Lukas, die beiden Schulstars der Grundschule, hatten Angst vor der alten Mühle und dieses Mädchen ging so ohne weiteres hinein. Sie schien allein zu sein. Das würde bedeuten, dass es sich nicht einmal um eine Mutprobe handelte. „Wie sie meint. Sie wird schon sehen, was sie davon hat". Leon drehte sich schon zum Gehen um, als er aus den Augenwinkeln vernahm, wie Sophia durch den offenen Türspalt huschte. „Das kann nicht sein!", sagte sich Leon. „Dieses Mädchen kann doch nicht mutiger sein als ich". Etwas gekränkt in seiner Ehre als Junge und neugierig was Sophia in der Mühle wohl vorhatte, beschloss er ihr zu folgen.

Bei der Mühle angekommen, trippelte Leon die drei Stufen hinauf und lugte vorsichtig durch den Türspalt. „Mist!". Sophia hatte sich abrupt umgedreht. Leon wich erschrocken zurück und verlor auf der obersten Steinstufe fast das Gleichgewicht. „Was nun", überlegte er fieberhaft. Sie würde ihn bestimmt dabei ertappen, wie er ihr nachspionierte. Er brauchte dringend eine gute Ausrede.

Doch eine Minute verstrich und Sophia war noch immer nicht aus der Mühle gekommen. Leon entschied sich nochmals einen Blick durch den Türspalt zu wagen. Er konnte sie nirgends gehen. Die Mühle bestand nur aus einem einzigen runden Raum mit spärlicher Einrichtung. Es gab keinen zweiten Ausgang und auch keine weiteren Fenster. Wo war sie nur? Die Neugierde trieb Leon aller Vorsicht zum Trotz an und er steckte seinen Kopf durch den Türspalt. Nun erkannte er am Ende des Raumes eine alte Wendeltreppe. Er sah gerade noch wie Sophias Sneakers am oberen Ende der Treppe verschwanden.

Leon war nun überzeugt, dass die Mühle vielleicht doch nicht so geheimnisvoll war, wie er immer dachte. Er sah sich im unteren Raum um: zwei Stühle, ein komisches Gefäß, jede Menge Dreck und Staub und eine morsche Wendeltreppe. Nichts Besonderes. Leon verstand immer weniger, was Sophia hier wollte. Aber vielleicht nutzte sie den oberen Stock der Mühle ja als Geheimversteck. Das wäre zwar ziemlich kindisch – immerhin waren sie schon viel zu alt für Verstecke - aber auch irgendwie genial. Warum war er selbst nicht auf diese Idee gekommen. Die Mühle wäre der perfekte Rückzugsort. Wenn … ja wenn sie nicht doch ein wenig unheimlich wäre. »Jetzt sei kein Angsthase«, ermahnte er sich selbst und folgte Sophia über die Wendeltreppe. Am oberen Ende der Treppe angekommen, hielt er inne. Er vernahm Stimmen. Die eine gehörte ganz deutliche Sophia und die andere ... er konnte es nicht sagen. Sie klang dunkel und doch sehr vertrauenserweckend. Also doch ein Versteck! Er hatte also Recht. Auf allen vieren kroch er die letzten Stufen hinauf und blickte schüchtern in den Raum. Das sonnengelbe Licht brannte in seinen Augen und er konnte lediglich Umrisse am hinteren Ende des Raums entdecken. Er musste näher ran. Doch wie? Er durfte nicht gesehen werden? Da entdeckte er eine alte Eisentruhe rechts neben der Wendeltreppe. Das perfekte Versteck. Leon drückte sich flach auf den Boden und kroch wie ein Wurm hinter die Truhe. Sein Herz raste und er lauschte gespannt den beiden Stimmen.

Kapitel 3

»Leonhard«, schallte es laut durch den Raum. »Dachtest du, du könntest unbemerkt die Mühle verlassen?«
Der Nebel aus Staub lichtete sich langsam und Sophia erkannte eine Gestalt hinter einer alten Truhe, die am vorderen Ende des Raumes stand.
»Leonhard? Doch nicht Leon aus der Nachbarsklasse? Nein, das war unmöglich. Es durfte einfach nicht Leon sein, er würde sie in der Schule aufziehen und womöglich würden ihre Eltern von ihrem geheimen Samstagsausflug erfahren.«
»Ähm, es … es tut mir leid. Ich wollte nicht lauschen … ich.« Zaghaft trat die Gestalt hinter der Eisentruhe hervor und nahm immer konkretere Umrisse an. Sophia war sich nun sicher: Es war Leon. Erst jetzt erkannte sie, was den lauten Knall ausgelöst hatte. Der Deckel der Truhe, hinter der sich Leon versteckt hielt, war scheinbar mit voller Wucht zugefallen.
Wütend fauchte Sophia: »Was machst du hier? Bist du mir etwas gefolgt?«
»Was ICH hier mache?«, erwiderte Leon nicht weniger aufgebracht. »Das könnte ich DICH genauso fragen. Ich habe dir keineswegs nachspioniert. Ich habe zufällig beobachtet, wie du dich heimlich in die Mühle geschlichen hast. Niemand kommt hier her. Nicht mal wir Jungs! Natürlich wollte ich wissen, warum gerade DU dich traust…«
»Also bist du mir doch gefolgt.« In Sophias Augen blitzte Empörung.
»Nein, ganz und gar nicht. Ich wollte nur sicher gehen, dass … dass dir nichts passiert«, gab Leon kleinlaut bei.
»Hmm«, räusperte sich der Wächter unüberhörbar.

Für einen Augenblick hatten sowohl Sophia als auch Leon vergessen, dass sie nicht allein waren. Sie wandten sich fast gleichzeitig dem Pinguin zu. Ihre Wangen waren rot vor Scham. Sie schlugen beide die Augen nieder.

»Es reicht«, ermahnte sie der Pinguin mit liebevoller Strenge. »Ihr seid nun mal beide hier. Und ich nehme an, ihr wollt beide nicht die von mir gestellte Aufgabe erfüllen«, fuhr er feststellend doch nicht ohne einen leichten Hoffnungsschimmer in der Stimme fort.

»Doch, ich will«, antwortete Leon ohne zu zögern. Von seinem Versteck aus konnte er die ganze Geschichte über vergessene Träume, die in einem Archiv gelagert werden, weil die Menschen sie verworfen haben, hören. Die Aufgabe klang für ihn nach einer einzigen großen Reise. Er würde verschiede Städte, vielleicht sogar Länder besuchen können. Das klang großartig! Drei Menschen davon zu überzeugen ihren Traum wieder aufzunehmen konnte doch nicht so schwierig werden und somit bliebe noch genug Zeit für Spaß und Abenteuer. Ja, er wollte die Aufgabe unbedingt annehmen. Die Schule machte derzeit sowieso wenig Spaß und zuhause war es nach der Trennung seiner Eltern alles andere als gemütlich.

»Was? Du…das geht doch nicht. Du…du wurdest nicht einmal gerufen. Du bist überhaupt nur dank MIR hier«, Sophia war sichtlich entrüstet. Bis vor wenigen Minuten fühlte sie sich noch besonders, ja, sogar einzigartig. Der Wächter hatte sie auserwählt. Und nun sollte Leon diese wichtige Aufgabe übernehmen.

»Sophia, Leonhard und ich kennen uns ebenfalls bereits«, tadelte sie der Wächter sanft. »Auch er hat eine besondere Verbindung zur Mühle. Nicht wahr Leonhard?«, fuhr er mehr feststellend als fragend fort.

Sophia blickte den Wächter verstört an. Leon war also auch auserwählt?! Ihre Gedanken begannen unruhig zu kreisen. Es war ihr unmöglich jetzt einfach eine Reise anzutreten. Sie musste bis zum Abendbrot zu Hause sein. Übrigens Abendbrot, Sophia sah verstohlen auf ihre Uhr. Mist, sie hatte noch genau 15 Minuten für den Heimweg. Ansonsten würde sie zu spät kommen. Doch irgendetwas erlaubte ihr nicht, zu gehen und dieses Abenteuer Leon zu überlassen. Und die Worte: »Ich stelle mich ebenfalls der Aufgabe«, huschten ganz willkürlich über ihre Lippen.
»Nun gut«, erwiderte der Pinguin zufrieden und mit einem Hauch von Erleichterung.
»Naja, ich hätte schon noch ein paar Fragen«, unterbrach ihn Leon.
Sophia verdreht die Augen. »Er war einfach unmöglich«, dachte sie.
»Wie lange werden wir unterwegs sein? Und was müssen wir genau tun? Wie kommen wir wieder zurück und ...?«
»Du hast viele Fragen, Leonhard. Ich sah das nicht kommen, aber nun weiß ich, warum ihr beide hier seid. Sophia die Weisheit und Leonhard der Mutige. Yin und Yang. Weiblich und Männlich. Ja, so soll es sein!«
Sophia und Leon sahen sich an. Sie verstanden beide kein Wort.
»Macht euch keine Gedanken über die Zeit. Es ist immer jetzt. Ihr werdet nichts verpassen und rechtszeitig wieder zurück sein«, sprach der Pinguin.
Sophia runzelte die Stirn. »Was meinte er wohl damit, dass immer *jetzt* sei«, wunderte sie sich.
Als ob der Wächter ihr Misstrauen spürte, legte er nach »Ich verspreche es euch!« Und irgendwas an der Art, wie der diese Worte aussprach, ließ Sophia und Leon vertrauen.

»Um in das Archiv einzutreten, müsst ihr den Globus drehen. Ihr werdet an einem Ort landen und dort auf eine Person treffen, der ihr helfen müsst, ihren vergessenen Traum wieder zu beleben. Ist euch das gelungen, werdet ihr an den nächsten Ort gelangen. Es gilt, drei verschiedene Personen in drei verschiedenen Ländern davon zu überzeugen, wieder zu träumen«, legte der Wächter ihre Mission fest.

»Aber wie sollen wir das machen und vor allem woher wissen wir, welche Person wir ansprechen müssen«, hakte Leon ein.

»Ich kann euch nicht alles sagen. Ihr müsst vertrauen. Einfach vertrauen!«

Einfach? Was war an Vertrauen bitte einfach? Das klang alles ziemlich unsicher und Leon konnte gar nicht gut blind vertrauen. Doch sich vor Sophia einzugestehen, dass er jetzt doch ziemlich verunsichert und nervös war? Nein, das kam überhaupt nicht in Frage.

Sophia blickte aus den Augenwinkeln zu Leon. »Hm, er scheint kein Problem zu haben sich in dieses Abenteuer zu stürzen. Ich würde lieber nach Hause gehen oder zumindest kurz meine Eltern informieren. Auch habe ich keinen Koffer mit Kleidung bei mir. Nur den Rucksack mit dem Naturkundebuch. Wer weiß wie lange wir unterwegs sein werden. Aber ich möchte Leon einfach nicht alleine gehen lassen. Ich kann ihn nicht alleine gehen lassen.«

»Seid ihr soweit?« Der Pinguin riss die beiden aus ihren Gedanken.

Leon und Sophia blickten einander kurz an und antworteten dann einstimmig »Ja«.

»Nun gut«, sprach der Wächter gütig. »Fasst euch bitte an den Händen und dann berührt einer von euch den Globus. Sophia, du weißt ja wie es geht? Hab ich Recht?«

»Der Wächter wusste aber auch wirklich alles«, kam es Sophia in den Sinn. Etwas widerwillig strecke sie Leon ihre linke Hand entgegen. Dieser verdrehte die Augen und brummte: »Muss das wirklich sein?«

Abermals verdunkelten sich die Augen des Wächters. »Sophia, Leonhard, es eilt«, mahnte er. »Die Träume der Menschen liegen nun in euren Händen. Habt Vertrauen und steht euch gegenseitig bei.«

Sophia schnappte mit ihrer Linken Leons Hand und berührte mit ihrer Rechten behutsam den Globus. Dieser war warm und samtigweich, obwohl er aus der Ferne einen solch robusten Eindruck gemacht hatte. Sophias Finger gaben der gewaltigen Kugel einen kleinen Schubs.

»Gebt gut auf euch acht«, gab ihnen der Pinguin noch mit auf den Weg.

Dann begann sich der Globus zu drehen. Zuerst langsam, dann immer schneller und schneller. Und plötzlich drehte sich der ganze Raum. Nichts blieb an seinem Platz. Auch nicht Leon und Sophia. Sie verloren den Halt unter den Füßen. Die Schwerkraft war aufgehoben. Ihre Körper begannen zu fliegen. Sophia stieß einen ängstlichen leisen Schrei aus. Ihr Herz rutschte Richtung Magen und pochte dort wie verrückt, so wie sie es eigentlich nur vom Achterbahnfahren kannte. Leon drückte ihre Hand und versicherte ihr: »Ich lass nicht los. Ich verspreche es.« Sie drehten sich immer schneller und schneller. Gerade als Sophia das Gefühl hatte, gleich in Ohnmacht zu fallen, hielt das Kreisen abrupt an.

Kapitel 4

Sophia spürte den kalten, feuchten Boden unter sich. Behutsam öffnete sie ihre Augen und blickte sich suchend um. Leon lag zwei Meter neben ihr und übergab sich. Sie hatten es also beide geschafft. Mühsam richtete Sophia sich auf und kam auf die Beine. Sie hatte ebenfalls ein flaues Gefühl im Bauch, welches sie mit drei tiefen Atemzügen beruhigen konnte. Wankenden Schrittes ging sie auf Leon zu.
»Alles in Ordnung?«, fragte sie besorgt.
»Natürlich«, log er. Und sein Versuch zu grinsen, artete in eine kläglich Grimasse aus. Er kam langsam ins Stehen und stemmte seine Arme in die Hüften. Der kalte Wind tat gut. Und langsam wich die kalkweiße Farbe aus seinem Gesicht und seine Kräfte kamen zurück.
Sophia und Leon blickten sich um. Ein kalter und rauer Wind und der Duft des Meeres umhüllten ihre Körper. Sie waren auf einer alten Promenade gelandet. Eine Art Landebahn aus grauen Pflastersteinen und alten Laternenmasten zu beiden Seiten. Wenige Meter vor ihnen lag das offene Meer.
Leon wandte sich um. Hinter ihm tat sich ein kreisrunder Marktplatz mit Ständen und Cafés auf. Am höchsten Gebäude tanzte eine Fahne im Wind.
»Ich glaube ich weiß, wo wir sind«, sagte er mehr zu sich selbst als zu Sophia. »Wir sind in Italien«.
»Italien?«, fragte Sophia ungläubig nach. Mit Italien verband sie Urlaub, Sonne, Strand und Wärme. Dieser brausende Wind und die damit verbundene Kälte, die in ihre Glieder kroch, hatten so gar nichts Italienisches an sich.
»Ja, ich bin mir sicher! Wir sind in Italien«, erwiderte Leon. Auch er fror sichtlich in seinen dünnen Shorts.

»Es war eine unvernünftige Idee einfach aufzubrechen – so ganz ohne Gepäck«, machte Sophia ihre Verzweiflung kund. Schulter an Schulter stapften die beiden Richtung Markt.
»*Ciao ragazzi*«, einer der Marktverkäufer schien sie zu rufen. Zurückhaltend und schüchtern gingen Leon und Sophia zu seinem Stand.
»Und jetzt«, dachte Sophia, »wie sollten sie sich nur verständigen. Sie konnten kein Wort Italienisch.«
»Euch scheint kalt zu sein, begann der Verkäufer das Gespräch.«
»Ja«, antwortete Leon ohne zu zögern. »Wir mussten spontan eine Reise antreten und waren auf dieses Wetter nicht vorbereitet.«
Sophia stockte der Atem. Aus Leons Mund sprudelten italienische Worte. Und was noch seltsamer war: Sie konnte jedes einzelne davon verstehen. Leon hingegen schien seinen plötzlichen Sprachenwechsel gar nicht bemerkt zu haben. Wie war das möglich? Es schien beinahe so, als ob Verständigung viel mehr wäre, als die Benutzung derselben Sprache. War dies eines der Dinge, von denen der Wächter gesprochen hatte als er ihnen riet, einfach zu vertrauen?
In der Zwischenzeit hatte der aufgeschlossene Verkäufer zwei dicke Kapuzenpullis ausgepackt. Dankend streckte Leon seine Hand nach den Pullovern. Doch Sophia stoppte ihn mit den Worten: »Nein, Leon! Ich habe kein Geld bei mir.«
Leons Augen weiteten sich. »Du sprichst ... ich verstehe ...«, stammelte er.
Erst jetzt bemerkte Sophia, dass auch sie in die Landessprache ihres derzeitigen Aufenthaltes gewechselt hatte. »Anscheinend ist Kommunikation und gegenseitige Verständigung mehr als das Aneinanderreihen von Wörtern einer Sprache«, teilte sie Leon ihre Überlegungen mit. »Ich

glaube der Wächter hat dafür gesorgt, dass wir unseren Auftrag unabhängig von der Sprache des Landes, in dem wir ankommen, ausführen können«, versuchte Sophia sich und Leon die Situation zu erklären.
»Was ist nun?«, unterbrach sie der Marktverkäufer. Er war nun hinter dem Stand hervorgetreten. »Wollt ihr die beiden Pullover? Ich kann einfach nicht mitansehen, wie ihr friert. In den nächsten Tagen wird die Bora noch stärker und ihr seht aus, als wäret ihr darauf nicht vorbereitet.«
»Was ist die Bora?«, fragte Leon vorsichtig.
Der Verkäufer lachte. »Das ist dieser Wind, der dir die Haare zu Berge stehen lässt.«
»Wir haben kein Geld bei uns«, tastete Sophia sich langsam vor. Sehnsüchtig blickte sie auf die beiden Pullover. Wie schön wäre es, sich in diese einzukuscheln.
»Aber Mädchen, ich habe euch doch gefragt ob ihr die Pullover haben wollt, nicht ob ihr sie kaufen wollt.« Ungläubig und von Dankbarkeit erfüllt nahmen sie die Kleidung entgegen und stülpten sie gleich über. Die Pullover waren warm. Noch viel wärmer als sie es sich erhofft hatten. Oder war es diese besondere Herzlichkeit, die sie wärmte?
»Ecco, perfekt«, strahlte sie der Marktverkäufer an. Dann verabschiedete er sich von ihnen. »Viel Glück bei eurem Vorhaben.«

Das Vorhaben – ihr Auftrag. Aufgrund all der neuen Eindrücke hatten sie eine Zeit lang vergessen, warum sie eigentlich hier waren. Diese Stadt war riesig. Wie sollten sie unter all den Menschen je die Person finden, die bereit war ihren vergessenen Traum wieder aufleben zu lassen?
Zaghaft verließen Leon und Sophia den Marktplatz und machten sich auf den Weg Richtung Stadtmitte. Es war gerade Feierabend und ein Menschenschwarm war auf dem

Nachhauseweg. Innerlich zerrissen zwischen unerledigter Arbeit und Aufgaben, die zuhause warteten, stürmten unzählige leere Menschenhüllen an ihnen vorbei. Voller Menschen und doch so leer waren die Straßen der Stadt zu dieser Uhrzeit. Einsam und verloren irrten Leon und Sophia umher. Nach einer Weile ziellosen Wandelns bemerkte Leon, dass sich das Schnürband seines Sneakers gelockert hatte. Er kniete sich zu Boden, um es wieder zuzubinden, als ihn etwas unsanft streifte. Eine junge Frau mit Aktenkoffer wäre fast über ihn gestolpert. Sie hatte ihr Mobiltelefon im Blick und nicht auf die Straße geachtet. „Entschuldige", murmelte Leon. Doch es war zu spät.
Die junge Frau begann eine Schimpftirade: »Aus dem Weg. Ich bin sowieso schon zu spät dran. Jetzt muss ich nochmals ins Büro. Das Abendessen kann ich heute wieder vergessen. Was lungerst du hier am Boden herum. Hast du nichts Besseres zu tun.«
»Ich …«, setzte Leon an. Doch die Geschäftsfrau interessierte sich nicht für seine Erklärung und reihte sich wieder in den Menschenschwarm ein.
»Geht's dir gut?«, wollte Sophia wissen. Sie streckte Leon die Hand entgegen und half ihm auf.
»Jaja, es geht schon. Aber ich sag's dir, das wird nie etwas. Niemals. Wie sollen wir in dieser Stadt die eine Person finden, die bereit ist sich an ihren Lebenstraum zu erinnern? Du siehst doch wie diese Menschen sind. Hartarbeitenden gestressten Menschen braucht man nicht mit Träumen zu kommen. Die interessiert das doch gar nicht. Die haben nicht nur ihren Lebenstraum vergessen, die haben sich vergessen.«
Sophia zuckte unter Leons Worten zusammen. Sie fragte sich, ob das nicht dasselbe wäre. Seinen Traum zu vergessen und sich zu vergessen. Doch es fehlte ihr der Mut, es laut auszusprechen. »Und was passiert eigentlich, wenn wir es

nicht schaffen. Jetzt einmal abgesehen davon, dass das Archiv der Träume voll ist und die Lebensträume aus der Welt verschwinden. Was wird dann aus uns? Sitzen wir für immer hier fest?« Leon machte all seinen Unmut kund.

»Ich weiß es nicht«, gab Sophia kleinlaut bei. Und auch ihre Hoffnung schien zu schwinden. Der Menschenschwarm hatte sie müde gemacht. Und sie fragte sich, ob es noch einen Unterschied machen würde, wenn die Lebensträume für immer von dieser Welt verschwinden. »Lass uns für heute Schluss machen, Leon. Die Sonne geht bereits unter. Wollen wir versuchen, in diesem Lokal etwas zu Essen zu bekommen?«

Sie standen vor einem roten Backsteinhaus, das an einem der unzähligen Kanäle lag. Durch die mit Schmiedeeisen verzierten Fenster schien ein einladendes weizengelbes Licht und leise Musik war zu vernehmen.

»Von mir aus«, gab Leon zur Antwort. Seine Schultern hingen tief. So hatte Sophia ihn noch nie gesehen. Die Sorge darüber, nicht mehr nach Hause zu kommen, bedrückte ihn sichtlich. Leon stieß die eiserne Türe des Lokals auf. Eine Wolke von Wärme, köstlichen Gerüchen und Jazzmusik flog ihnen entgegen und vertrieb mit einem Mal die Sorgen.

Kapitel 5

Sie setzten sich auf einem der kleineren Tische nahe dem Tresen nieder und ruhten ihre müden Beine aus. Dämmrig und gemütlich war es hier. Auf der Bühne stand ein junger Musiker mit seinem goldfarbenen Saxophon. Er war vertieft in sein Spiel. Eingetaucht in seine eigene Musik schien es, als hätte er alles um sich herum vergessen. Er war Musiker und Musik in einem. Es war einzigartig.

Sophia und Leon ließen sich durch die Lieder tragen. Sie entspannten sich und Ruhe kehrte in ihre Gedanken ein. In einer kurzen Pause, in der der junge Musiker ein Glas Wasser zu sich nahm, fiel Leons Blick auf einen Mann mittleren Alters am Tresen. Verträumt lauschte er der Musik; tauchte in sie ein, versank in ihr. Etwas Unerklärliches und Tiefgründiges ging von ihm aus.

»Ich habe ihn, Sophia«, entfuhr es Leon euphorisch.

»Wen?«

»Na, die Person. Den Mensch mit dem vergessenen Lebenstraum. Ich bin mir sicher! Siehst du den Mann am Tresen« Sophia folgte Leons Kopfbewegung. »Fällt dir auf, wie versunken er in die Musik ist. Es scheint, als ob jeder Ton in seinem Körper widerhallt. Niemand sonst im Raum ist so verzaubert. Außer natürlich der Musiker selbst. Es ist fast so, als gäbe es da noch einen winzig kleinen Teil in ihm, der sich an seinen Lebenstraum erinnert.«

Skeptisch beobachtete Sophia den Mann eindringlich. Und bereits nach kurzer Zeit musste sie Leon Recht geben.

»Ich wette, dieser Mann war selbst einmal Saxophonspieler. Doch irgendetwas hat ihn dazu veranlasst seinen Traum vom Musikersein aufzugeben«, fuhr Leon mit seiner Theorie fort.

»Meinst du wirklich? «, Sophia war weiterhin vorsichtig.

Aber Leon ließ sich nicht beirren. Er erhob sich ruckartig und schritt Richtung Tresen. Sophia folgte ihm kopfschüttelnd. »Dieser Hitzkopf denkt seine Vorhaben nie durch.«

Mit einem freundlichen »Guten Abend« wandte sich Leon zum Mann am Tresen. »Wir kamen nicht umhin zu bemerken, wie versunken sie in die Musik waren. Haben sie auch einmal gespielt?«

»Oja«, antwortete der Mann und ein Funkeln erleuchtete seine kastanienbraunen Augen.

»Vielleicht hatte Leon Recht«, dachte Sophia, die sich neben Leon auf den Barstuhl gehockt hatte.

Und der Mann am Tresen begann unaufgefordert zu erzählen: »Mein erstes Saxophon erhielt ich mit sechs Jahren. Ich liebte es zu spielen. Mehr als alles andere auf der Welt. Mit 14 Jahren fasste ich den festen Entschluss, dass ich mein Leben der Musik widmen würde. Ich wollte ans Konservatorium und übte jede freie Minute. Es war mein Traum, Menschen mit meiner Musik zu berühren. So viele Menschen wie nur irgendwie möglich.«

»Aha, da war es – sein Traum. Leon hatte Recht, dieser Mann war die Person, die sie suchten«, dachte Sophia und gab Leon zum Zeichen einen leichten Tritt gegen sein linkes Schienbein. Dieser drehte sich leicht um und zwinkerte ihr zu. Jawohl, sie waren definitiv am richtigen Weg.

»Als ich 18 Jahre alt war«, fuhr der Mann unbeirrt seine Erzählung fort, »machte ich die Aufnahmeprüfung am Konservatorium. Eine reine Formsache. Schließlich handelte es sich beim Saxophonspielen um mein ganz persönliches Talent. Mehr noch, es war zu meiner Lebensaufgabe geworden. So dachte ich zumindest - damals«, legte er etwas leiser nach. »Niemand zweifelte an meiner Aufnahme. Nicht meine Eltern. Nicht mein Lehrer. Und schon gar nicht ich.

Das Vorspiel verlief aus meiner Sicht ausgezeichnet. Drei Tage später kam der Brief mit dem offiziellen Siegel des Konservatoriums nach Hause. Hastig öffnete ich den Umschlag.«

Er hielt kurz inne, als sähe er jenen Moment nochmal vor seinem inneren Auge aufblitzen.

»Ich erinnere mich noch daran, dass mir irgendwie die Luft zu fehlen schien. Ein unangenehmes Gefühl erfasste mich. Noch nie zuvor hatte ich so gefühlt. Irgendwie kränklich, verletzlich und schwach. Ich schob dieses Gefühl bestimmt beiseite und schrieb es einfacher der Aufregung zu. Vorsichtig, als sei er zerbrechlich, zog ich den Brief aus dem Umschlag. Und da stand es – in fetten Lettern »*Wir bedauern sehr Ihnen mitteilen zu müssen, dass wir Sie nicht am Konservatorium aufnehmen können. Wir wünschen Ihnen alles Gute für ihren weiteren Lebensweg. Musikalische Grüße ...*«. Mein Kopf schien in Watte gehüllt, vor meinen Augen lagen dichte starre Nebenschwaden. Der Nebel versperrte mir die Sicht. Mein Lebensweg ... er war mir mit einem Mal verborgen. Nach einigen Stunden totaler Ungläubigkeit durchlief ich all die berühmten Phasen. Da waren Verleumdung. Ich war mir absolut sicher, dass es sich bei dem Brief um einen administrativen Fehler handeln musste. Dann überkam mich Trauer in Form von vielen Tränen und dann gab es noch diese brennende Wut. Ich war wütend auf meinen Saxophonlehrer, den meine Eltern monatlich ein saftiges Honorar zahlten und der mich ganz offensichtlich nicht ausreichend vorbereitet hatte. Ich war natürlich wütend auf die Jury. Diese überheblichen Personen besaßen doch wirklich die Unverschämtheit meinen Auftritt als unzureichend zu werten. Und dann ... «

Die Stimme des Mannes war nur noch ein Hauchen. Er senkte für ein paar Sekunden seinen Kopf. Dann suchte sein Blick die Gesichter von Sophia und Leon.
»Und ...«, fuhr er mit brüchiger Stimme fort, »vor allem war ich wütend auf mich. Verbittert ob meiner Selbstsicherheit. Ich sah nie auch nur die geringste Möglichkeit zu scheitern. Ich war doch ein Kind. Ich glaubte schließlich noch an mich. Zur Verbitterung gesellte sich alsbald Wehmut. Ich dachte an all die Stunden, die ich in meinem Zimmer oder in Proberäumen verbrachte, um zu üben. Bis zu diesem Tag hatte ich es nie bereut, nicht so viel Freizeit wie meine Freunde zu haben. Doch nun, da mein Lebenstraum zerplatzt war, fühlte ich mich um meine Zeit, um meine Jugend, um jede einzelne Minute betrogen. Zum ersten Mal stellte ich mir die Frage »*Wofür eigentlich?*«. Wisst ihr woran ihr erkennen könnt, ob ihr einen Lebenstraum habt?«
Er wartete die Reaktion der beiden nicht ab, sondern gab selbst die Antwort. »Ein Lebenstraum zeichnet sich dadurch aus, dass man sich nie die Fragen stellt, ob es lohnt, was es bringt. Die Verfolgung des Lebenstraums ist schon Glück allein. Ebenso empfand ich es mit dem Saxophonspiel. Bis zu jenem Tag, der alles veränderte.«
Stille umkreiste die drei Personen am Tresen. Ein seltsames Bild. Zwei junge Menschen, angespannt lauschend und ein Mann in seiner Lebensmitte, der ihnen einen Blick in seine Seele erlaubte.
»Und dann ...«, forschte Leon sachte nach.
Ein kleines Lächeln zuckte um die Lippen des Mannes. »Ihr wollt auch den Rest meiner Geschichte hören?«
Sophia nickte. Nun war sie sich sicher, dass sie die richtige Person gefunden hatten. Sie müssten diesen Mann einfach nur ermutigen, seinen Lebenstraum wieder aufzunehmen. Er war bereit dafür.

»Ich habe nie mehr gespielt. Noch am selben Abend, als der Brief kam, habe ich mein Saxophon im schwarzen Koffer verstaut, die Notenbücher in eine Tasche gepackt und den Notenständer dazu gegeben. Ich brachte alles auf den Dachboden meiner Eltern und schloss die Türe hinter mir. Ich blickte nicht mehr zurück. Mein Traum vom Saxophonspielen war für mich gestorben. Natürlich versuchten meine Familie, meine Freunde und nicht zuletzt mein Lehrer mich umzustimmen, mich zu ermutigen weiterzumachen. Ich jedoch hatte eine Mauer um mich herum errichtet und ihre Worte konnten mich nicht erreichen. Wenn es keine Aussicht darauf gibt, dass ein Lebenstraum in Erfüllung geht, dann ist es zu schmerzhaft, daran festzuhalten. Da muss man konsequent sein, da muss man alles, was damit zu tun hat verbannen. So jedenfalls dachte ich - damals. Ich begann bald darauf in einer Bank zu arbeiten. Die Musik hatte keinen Platz mehr in meinem Leben. Ein Dasein ohne Musik wurde von Tag zu Tag leichter. Ich passte mich an dieses neue Leben an. Ich beschritt den Weg, der sich mir als Plan B dankenderweise auftat. Alles war gut.«

Sophia stupste Leon an. Nun waren sie an der Reihe. Das war ihr Einsatz. Ihre Aufgabe war es, diesen Mann zu ermutigen, sein Saxophonspiel wieder aufzunehmen. Nur wie sollten sie das anstellen? Womöglich war diese Mauer, von der er ihnen erzählte, immer noch da. Und ihre Worte würden, wie damals die Worte seines Umfeldes, an ihm abprallen.

»Ungefähr vier Jahre später, …« Leon runzelte irritiert die Stirn und warf Sophia einen erstaunten Blick zu. Diese zuckte lediglich die Achseln. Anscheinend hatte die Geschichte noch nicht ihr Ende erreicht.

»Ja, ich sehe es vor mir, als wäre es gestern gewesen:

An einem Samstagnachmittag klingelte unangekündigter Besuch an meiner Tür. Ich war auf ein faules Wochenende eingestellt und hatte meine übliche Kleidung - Anzug und Hemd - gegen meine bequeme Wochenendschlabberhose getauscht. Erst wollte ich gar nicht öffnen. Doch die Wohnungsklingel ertönte einmal und ein weiteres Mal. Wenig begeistert ging ich zur Tür. Als ich aufmachte staunte ich nicht schlecht. Da stand doch tatsächlich mein alter Saxophonlehrer vor mir. Und er war nicht alleine. Zwischen seinen Beinen, die, wie vor Jahren auch, in einer dunkelblauen Anzughose steckten, sah ich einen schwarzen Saxophonkoffer durchblitzen. Neben ihm, halb hinter seinem Rücken versteckt stand ein Junge. 17 Jahre – nicht älter.«

»Guten Tag, Matteo«, begrüßte mein alter Lehrer mich, als schien seit unserer letzten Begegnung keine Zeit vergangen. Meinem »Hallo« folgte ein gepresstes »Was für eine Überraschung!«

Signor Renzo verzog sichtlich verstimmt seine Lippen. »Wohl wahr, Matteo. Unser letztes Treffen ist nun fast fünf Jahre her. Und glaub mir, es ist mir nicht leicht gefallen dich aufzusuchen. Doch dies hier ist kein Freundschaftsbesuch. Ich brauche deine Hilfe.« Er trat einen Schritt zur Seite. »Das hier ist Luca. In einem halben Jahr stellt er sich der Aufnahmeprüfung am Konservatorium. Du musst ihn unterrichten.«

Mein Gesicht versteinerte sich. Hat der verrückte Alte das etwa ernst gemeint? Bevor ich meinen Gedanken Raum machen konnte, fuhr Signor Renzo fort. »Ich bin krank, Matteo. Krebs. Ich muss jeden Tag zur Chemo. Ich kann Luca nicht mehr unterrichten. Und ich kann ihn auch nicht im Stich lassen. Er ist schließlich mein Schüler. Er hat Talent, weißt du Matteo. Und irgendwie erinnert er mich an

dich. Du wirst mich für verrückt halten, aber ich weiß, dass er die Prüfung mit deiner Hilfe schaffen kann. Ich bitte dich!« Er wartete meine Antwort nicht ab, sondern schob Luca Richtung Türe auf mich zu. »Mein Arzt wartet auf mich. Ich komme anschließend nochmal vorbei und sehe nach euch. Danke, Matteo.« Er drehte sich um und ging.
Da stand ich nun mit diesem Jungen und seinem Saxophon. »Ein komischer Kauz«, murmelte ich. Und dann zu Luca gewandt »Na gut, komm rein.«
Der unsichere Luca bedankte sich nickend. »Signor Renzo hat viel von ihnen erzählt. Sie waren einer seiner besten Schüler«.
»War ich das? Dann hat Signor Renzo wohl vergessen zu erwähnen, dass ich nicht am Konservatorium war.« Ich begleitete Luca ins Wohnzimmer und ersuchte ihn etwas harsch mir sein Stück vorzuspielen. Langsam und bedacht baute er sein Saxophon zusammen und stellte seinen Notenständer auf.
»Du möchtest also am Konservatorium aufgenommen werden«, nahm ich mehr feststellend als fragend unsere Konversation wieder auf.
Lucas Augen leuchteten auf. »Ja, Signore. Es ist mein größter Traum Saxophon in einem weltberühmten Orchester zu spielen.«
Vor mir stand dieser Junge mit großen Träumen und leuchtenden Augen und erinnerte mich wage daran, auch einmal so hoffnungsvoll gewesen zu sein. Wo einmal mein Traum saß, war jetzt vollkommene Leere. Und aus dieser Leere heraus antwortete ich. »Weißt du Luca. Es ist keine Schande nicht zu träumen. Jedoch kann es gefährlich sein, zu große Träume zu haben.« Nach dieser bitteren Weisheit, die meiner Wahrheit entsprach, beobachtete ich ihn schweigend. Meine Aussage hatte ihn nicht im Geringsten

verunsichert. Auch dies ist ein Zeichen für jemanden der seinen Lebenstraum verfolgt. Der Same, der in seinem Herz gepflanzt war, hat so lange und dichte Wurzeln geschlagen, dass Stürme von außen in Form von Kritik und Missgunst keinerlei Einfluss auf ihn hatten. Unbeirrt setzte Luca seine Vorbereitungen fort. Seine achtsamen Gesten machten mich nur noch wütender.

»Wie naiv dieser Junge doch ist. Meint er wirklich, man wird so mir nichts dir nichts am Konservatorium aufgenommen? Reine Wunschdenkerei. Ich hatte damals alles getan. Alles. Ich habe Tag und Nacht geübt und ich war talentiert. Und trotz allem wurde ich nicht aufgenommen. Musik ist ein Hobby. Aber damit lässt sich kein Geld verdienen. Mit den richtigen Beziehungen vielleicht. Aber die dürfte dieser Junge nicht haben, wenn der alte Renzo keinen besseren Ersatz für sich fand als mich. Ach, ja über das Honorar, sollte ich mir auch noch Gedanken machen. Ich bin ja schließlich nicht die Wohlfahrt…«

Mein Gedankenkarussell wurde schlagartig durch Lucas Saxophonspiel unterbrochen. Die Töne tanzten direkt in mein Herz. Sie durchbrachen die Mauer, die ich vor so langer Zeit eisern errichtet hatte. Ton für Ton riss Mauerstein für Mauerstein nieder. Meine Kehle schnürte zu. Ich verließ ohne ein Wort zu verlieren das Zimmer und verschwand im Bad. Dort am Fußboden weinte ich die Tränen, die ich all die Jahre nicht geweint hatte. Ich gestand mir meine Enttäuschung, meine Verbitterung und meine Traurigkeit ein. In diesem Moment unendlicher Offenheit ließ ich meinen Lebenstraum wieder in mein Herz. Plötzlich erinnerte ich mich wieder. Mein Lebenstraum war es Menschen mit meiner Musik zu berühren. So viele Menschen wie möglich. Ich dachte einst, das ginge nur, wenn ich ans Konservatorium käme und anschließend in ein weltberühmtes Orchester.«

Kaum merkbar wiegte der Mann seinen Kopf hin und her. »Ich war so blind«. Seine Lippen formten ein kleines Lächeln, das einen Anflug von Wehmut erahnen ließ. »Mein verletzter Stolz ließ mich nur einen Weg sehen. Und als dieser durch die Absage des Konservatoriums versperrt schien, verließ ich diesen Weg einfach. Dort im Badezimmer kauernd verstand ich es. Als keine Tränen mehr flossen, fasste ich den Entschluss, Luca zu unterrichten. Sechs Monate später wurde er am Konservatorium aufgenommen. Inzwischen sind drei meiner Schüler dort und fünf weitere bereite ich gerade auf die Aufnahme vor. Durch sie ist es mir möglich, unzählig viele Menschen mit Musik zu berühren. Etwas, das ich alleine nie geschafft hätte. Und ich liebe das Unterrichten.«

»Das«, er wandte sich mit einer Kopfbewegung zur Bühne, »ist Luca.«

»Einmal im Jahr tritt er kostenlos hier in dieser Bar auf. Der Bar, in der wir seine Aufnahme ans Konservatorium gefeiert haben. Ich habe ihm im Laufe unserer gemeinsamen Zeit vermittelt, dass er nie vergessen darf, worum es eigentlich geht. Es geht um die Musik. Nur um die Musik. Nicht etwa um den Applaus, die Reisen oder das Honorar. Dieser jährliche Auftritt ist seine Art seinen Erfolg zu würdigen. Er hat gelernt, das Nichts in seiner Karriere selbstverständlich ist.«

Stolz und Anerkennung funkelten in Matteos Augen. Leon und Sophia hatten sich getäuscht. Dieser Mann lebte bereits vollkommen im Einklang mit seinem Lebenstraum.

»Wisst ihr«, beendete Matteo seine Geschichte, »manchmal, wenn es sich schwierig gestaltet in die erste Reihe zu kommen, dann ist es vielleicht deine Bestimmung, Großartiges von der zweiten Reihe aus zu leisten. Ich liebe es mein Wissen weiterzugeben. Zudem wäre mir ein Leben aus dem Koffer auf die Dauer zu mühsam gewesen. Das weiß ich jetzt. Nun schicke ich meine Schüler um den halben Globus, um die Musik zu verbreiten. Ich hingegen kann in der Stadt leben, die ich liebe und habe ausreichend Zeit für meine wunderbare Familie.«

Leon und Sophia waren tief berührt. Matteos Geschichte beinhaltete also einen dieser seltenen Momente, in denen ein vergessener Lebenstraum das Archiv verlassen hatte, um zu seinem Träumer zurückzukehren.

»Kommt, ich stelle euch Luca vor«, rief Matteo begeistert. Sophia und Leon verbrachten den ganzen Abend mit Matteo und Luca. Sie erfuhren alles über das Leben eines Musikers und Lucas Reisen. Am Ende des Abends wurden sie sogar eingeladen bei Matteos Familie zu übernachten. Die beiden vergaßen ganz ihren Auftrag und ließen sich von der italienischen Gastfreundschaft tragen.

Kapitel 6

Die ersten Sonnenstrahlen durchquerten die gelblichen Gardinen und weckten Sophia sanft. Sie öffnete die Augen. Es brauchte einige Sekunden, bis sie sich zu Recht fand. Dies war keinesfalls ihr Zimmer. Die Geschehnisse des letzten Tages prasselten auf sie hernieder. Und obgleich sie sich anfühlten wie ein phantastischer Nachttraum, machte sich in Sophia langsam das Bewusstsein breit, dass alles wirklich passiert war: Die Mühle - der Wächter - das Archiv der vergessenen Träume - Matteo und seine Geschichte.
Matteos Geschichte kam Sophia Puzzlestein für Puzzlestein wieder in den Sinn. Sie musste unweigerlich an ihren Vater denken. Etwas an dieser Geschichte berührte sie besonders. Etwas, das sie mit ihren Vater verband.
Seit sie vor rund acht Jahren mit dem Tennistraining begann, empfand sie es als ewige Qual. Sie war sich sicher, egal wie sehr sie sich auch anstrengte, ihr Vater würde nie mit ihrer sportlichen Leistung zufrieden sein. Im Training war er streng und oft sehr emotional. Ihre Siege freuten ihn mehr als sie und ihre Niederlagen schienen ihm sein eigenes Versagen als Trainer vor Augen zu halten. Lange hatte Sophia versucht es ihm, so gut es ging, Recht zu machen. Doch in letzter Zeit ließen ihre Bemühungen nach. Nicht ohne schlechtes Gewissen, wohl wahr. Sie befürchtete, dass sie mit dem Einstehen für ihre eigenen Wünsche ihren Vater verletzen würde. Matteos Geschichte jedoch machte ihr Mut. Sophia hatte das fehlende Puzzlestück gefunden. Mit einem Mal wurde ihr klar: Tennisspielen war der Lebenstraum ihres Vaters. Nie der ihre. Es war somit nur verständlich, dass sie keinerlei Freude daran empfand. Ein Leben in erster Reihe war ihrem Vater aufgrund einer Armverletzung in jungen Jahren verwehrt geblieben. Das Trainieren seiner

Tochter jedoch ermöglichte ihm ein Festhalten an seinem Lebenstraum. Die Wahl des Lehrers beziehungsweise im Fall ihres Vaters, des Trainers, war somit absolut richtig. Ihr Vater hatte nur einen einzigen Fehler gemacht: Er wollte unbedingt seine Tochter unterrichten. Sie schmunzelte und ein Anflug zärtlicher Bewunderung für ihren Vater überkam sie. Er war ein fabelhafter Trainer. Er bräuchte nur die richtigen Spieler, um seinem Lebenstraum gerecht zu werden. Ein talentierter Spieler würde es mit ihrem Vater als Trainer sehr weit schaffen. Und sie könnte an seinem Lebenstraum teilhaben, indem sie sich an seinem Trainerdasein mit ihm freute. Sobald sie wieder zuhause war würde sie ihm vorschlagen, sich in das Trainerverzeichnis ihres Vereins aufnehmen zu lassen. Zuhause … Der Gedanke an dieses Wort versetzte Sophia einen leichten Stich. Ob sie jemals wieder nach Hause kommen würden.

Auf dem gegenüberliegenden Sofa schlief Leon noch seelenruhig vor sich hin. Sein Gesicht war tief unter den Laken vergraben und nur ein wippender Lockenschopf verriet seine ruhige Atmung. Sophia wäre am liebsten auch nochmal zurück unter die Decke geschlüpft, doch dafür war keine Zeit mehr. Sie hatten schließlich einen Auftrag zu erfüllen. Schwungvoll hüpfte sie - pflichtbewusst wie sie war - vom Sofa hoch und weckte Leon unsanft. Dieser blickte sie schlaftrunken an und der Schock, der über sein Gesicht huschte, verriet, dass auch er in der Nacht ihre gemeinsame Reise vergessen hatte.

»Wir müssen weiter, Leon. Wir haben immer noch nicht die richtige Person gefunden,« flüsterte Sophia.

Leon nickte verschlafen. Sie hinterließen Matteo einen kleinen Abschiedsgruß samt Dank auf dem Nussholzkästchen im Vorraum. Leise schlichen sie aus dem Haus. Draußen angekommen bemerkten sie, dass sie sich in

einem vollkommen anderen Stadtteil befanden. Der Glockenturm schlug gerade erst sieben Uhr und auf den Straßen herrschte noch diese friedliche allmorgendliche Ruhe. Fast so, als wäre auch die Zeit noch müde. Verlief sie doch in den Morgenstunden immer am gemütlichsten. Die Häuser in dieser Gegend waren kleiner und älter als im Stadtzentrum. Man konnte beinahe meinen, man wäre in einer anderen Stadt. Rein der Wind, der niemals ruhte, verriet, dass sie sich noch am selben Ort befanden.
Wortkarg schlenderten Sophia und Leon durch die Gassen. Keiner wagte dem anderen seine Gedanken mitzuteilen. Und doch verriet die drückende Stimmung zwischen ihnen, dass sie beide an der Erfüllung ihres Auftrages zweifelten.
Die Gasse wurde breiter und vor ihnen tat sich ein kleiner Hafen auf. Die Morgensonne tanzte auf dem Wasser und hinterließ ein Funkeln auf jeder Welle, die sie berührte.
„Wunderschön", versuchte Sophia dieses Naturspiel in Worte zu fassen. Ein paar Minuten standen Leon und Sophia einfach nur staunend da.
»È stupendo eh, ragazzi?« Eine tiefe Stimme holte sie zurück in die Gegenwart. Unweit von ihnen saß ein älterer Mann in einem Holzstuhl. Eine Angelrute lehnte leger an der Armlehne. Fast so als hätte er die Gedanken der Jungen gelesen, musterte er kurz die Angel. Dann schüttelte er leicht seinen Kopf. Durch die Bewegung flog eine kaum sichtbare Wolke aus seiner Pfeife und kroch Sophia in die Nase. Der Geruch weckte Erinnerungen an Großvaters Arbeitszimmer und wieder schlich sich Heimweh in ihre Brust.
»Ich bin nicht wirklich zum Angeln hier«, schien sich der Alte zu rechtfertigen. »Ich liebe es einfach früh morgens hier rauszukommen und die Segelschiffe zu beobachten. Wisst ihr, ich selbst war einst ein richtig guter Segler. Doch das scheint lange her«, fügte er sachte hinzu.

Leon gab Sophia einen Schubs mit dem Ellbogen und warf ihr einen verschwörerischen Blick zu. Sophia zog kurz die Schultern zu ihren Ohren und atmete tief ein. Es war nicht die Zeit sich dem Heimweh hinzugeben. Vielleicht war ja dieser alte Mann genau der Mensch, der seinen Lebenstraum wieder aufnehmen musste. Vielleicht waren sie schon ganz nahe dran, die Schließung des Archivs der vergessenen Träume zu verhindern.

Leon und Sophia hockten sich zur Linken und zur Rechten des Mannes nieder. Der Alte runzelte die Stirn. Er musterte die beiden jungen Menschen neben sich. In seinen braunen Augen funkelte das Lebensfeuer. Diese Augen verrieten nichts von Alter oder gar Schwäche. Es waren Augen, die bereit waren, die Schönheit dieser Welt auszukosten, bis zu jenem Tag, an dem sie sich für immer schließen sollten. Seine rissigen, faltigen Lippen formten ein spitzbübisches Lächeln.

»Mein Name ist Giacomo.«

»Guten Morgen, Signor Giacomo. Mein Name ist Leon und das ist Sophia. Wir sind hier auf … ähm auf Urlaub und wir haben ein wenig Zeit. Möchten sie uns von ihren Segelabenteuern erzählen«, ermutigte Leon Giacomo, ihnen seine Geschichte anzuvertrauen.

Ungläubig fragte Giacomo nach: »Wollt ihr jungen Leute wirklich meine Geschichte hören? Für gewöhnlich sucht ihr Jungen doch das Weite, wenn ein Urgestein wie ich aus seiner Vergangenheit erzählt. Versteht mich nicht falsch. Ich gehöre keineswegs zu der Gruppe meiner Generation, die nicht müde wird zu beteuern, dass damals alles besser war. Jedoch bin ich nun in einem Alter, in dem meine Vergangenheit mehr Abenteuer birgt als meine Zukunft. Und um nicht dieselben Geschichten immer und immer wieder in meiner Erinnerung abzurufen, spreche ich sehr

gerne das ein oder andere Mal auch laut darüber. Außerdem möchte ich euch vorwarnen. Es wäre möglich, dass mir der ein oder andere Rat über die Lippen kommt. Vergebt einem alten Mann. Macht es einfach wie wir Alten – hört nur das, was ihr auch wirklich hören möchtet.«
Giacomo zwinkerte Sophia und Leon verheißungsvoll zu.
»Seid ihr bereit?«
Die beiden nickten dem Alten zu. Dieser räusperte sich und seine Augen glitten auf das Meer. Es schien als suche er dort draußen nach seinem Segelboot.
»Wir waren zwischen sechs und zehn Jahre alt als uns Vater das erste Mal mit zum Segeln nahm. Viola war die Kleinste. Ihre größte Aufgabe bestand darin, nicht über Bord zu gehen. Mariella und ich hingegen wurden vom Vater sehr rasch in die Segelkunst eingewiesen. Schon bald stellte sich heraus, dass wir Talent hatten. Wir segelten immer häufiger und wurden ein eingespieltes Team, das jede Welle beherrschte. Als ich ungefähr 14 Jahre alt war, gewannen wir drei Geschwister unseren ersten Wettbewerb. Dieser Erfolg war ein wundersamer Ansporn. Und wir trainierten fleißig weiter. Unsere Mutter schalt uns oft liebevoll. Drei Wasserratten hätte sie geboren, keine normalen Kinder, sagte sie dann oft. Und sie hatte Recht. Den Großteil unserer Jugend verbrachten wir auf dem Wasser. Wir waren richtig gut. Mein Wunsch war es, über die Landesgrenzen hinaus bekannt zu werden und zu internationalen Bewerben zu segeln.«
Giacomo hielt inne. Als wollte er nochmals die Süße seines Wunsches auskosten. »Doch daraus wurde nie etwas", setzte er dann nach.«
»Aber warum denn?«, hakte Sophia ein. »Was war denn passiert?«

»Was passiert war?« Giacomo blickte ihr sanft in die Augen.
»Das Leben passierte, Liebes. Als Mariella zur Universität ging, hatte sie immer seltener Zeit zum Segeln. Unsere Leistung nahm stetig ab. Es dauerte kein halbes Jahr und wir qualifizierten uns für immer weniger Wettbewerbe. Mit Mitte zwanzig wurden aus den drei Wasserratten Landmenschen. Zumindest zwei Landmenschen. Ich verbrachte meine Zeit immer noch häufig am Wasser. Für Viola und Mariella hingegen wurde Segeln zu einer Freizeitbeschäftigung, die sie nach und nach vernachlässigten. Meine Schwestern waren beide glücklich verliebt und gingen einer geregelten Arbeit nach, die sie erfüllte. Und ich?«
Giacomo hielt kurz inne.
»Ich fühlte mich hintergangen.« Diesen letzten Satz sprach er kaum hörbar aus. Er schlug die Augen nieder. Als würde er sich dafür schämen.
»Du fühltest dich hintergangen, weil deine Geschwister dich nicht unterstützten, deinen Lebenstraum zu verwirklichen? Es war doch dein sehnlichster Traum zu segeln«, startete Leon den Versuch, Giacomos Geschichte zu vollenden.
Sophia hingegen kamen Zweifel. Wenn das Segeln in internationalen Bewerben wirklich Giacomos Lebenstraum war, wie wollte er diesen in seinem Alter wieder aufnehmen? War es dazu nicht bereits zu spät? Gab es denn so etwas wie ein Zeitlimit für Lebensträume? Der Wächter hatte diesbezüglich nichts erwähnt. Wie schmerzhaft es doch sein musste, wenn man seinen Lebenstraum wieder aufnehmen will, dieser jedoch nach all der Zeit im Archiv der vergessen Träume nicht mehr zu einem zurückkommt. Und all das Rufen und Sehnen vergebens ist.
»Das Segeln und das Meer, oh ja beides liebte ich«, begann Giacomo Leons Frage zu beantworten. »Und es gab eine

Zeit, in der ich meine Schwestern beschuldigte, mir diese beiden Dinge vorzuenthalten. Ich distanzierte mich von ihnen. Wir hörten kaum noch voneinander. Die Zeit, in der wir keinen Tag ohne die Gesellschaft des anderen auskamen schien lange vorüber. Und die Sache mit der Zeit und der Wundheilung - ihr wisst schon, diese Weisheit, die man sich überall erzählt - die ist nicht so ganz richtig. Vielmehr verhält es sich so, dass nicht geheilte Wunden mit der Zeit chronische Schmerzen hervorrufen. Und ich suhlte mich in meinem Schmerz. Den wohl stockendsten Schmerz verursachte die Tatsache, dass meine Schwestern ganz gut ohne mich zurechtkamen. Nach all den Jahren, in denen ich die Rolle des Erstgeborenen innehatte. In denen ich die Aufgabe hatte, für die Jüngeren den Weg zu ebnen, das Schlechte vor ihnen abzufangen, ihnen allzu großes Leid zu ersparen, sie zu ermutigen und sie zu beschützen. Nach all der Zeit stellte sich plötzlich heraus, dass sie es ohne mein Tun schafften. Dass sie glücklich waren. Immer mehr nistete sich in meinen Gehirnwinden der Gedanke ein, dass die beiden Jüngeren in ihrem Egoismus mich und meinen Lebenstraum stranden gelassen hatten. Es brauchte rund zwei Jahre bis ich verstand, wie verrückt dieser Gedanke war. Das Meer war immer noch da. Und auch das Segeln war immer noch möglich. Ich hätte mir eine neue Mannschaft suchen können. Ich hätte mir Menschen suchen können, die meine Liebe zum Segeln teilten. Ich hätte mit ihnen tagein, tagaus trainieren können, wenn die Teilnahme an internationalen Segelwettbewerben wirklich mein Lebenstraum gewesen wäre. Ja, wenn es wirklich mein Traum gewesen wäre, dann hätte ich einen Weg gefunden, diesen zu verwirklichen. Doch ich habe mich niemals nach Ersatz für meine Schwestern umgesehen. Denn es gab keinen Ersatz für sie!«

Giacomos knochige, weiße, mit Altersflecken besprenkelten Hände zitterten. Er griff verlegen in seinen Hosensack und zog ein zerknittertes Taschentuch hervor. Verschämt, wie ein kleiner Junge, wischte er sich über beide Augen. Dann behielt er das Taschentuch zwischen seinen Händen. Das Zittern legte sich. Es schien als ob seine Finger sich an dem kleinen Tüchlein festhielten.

Mit brüchiger Stimme fuhr Giacomo fort:

»Es war nicht das Segeln, das mir fehlte. Es war die gemeinsame Zeit, die wir dort draußen verbrachten. Durch meine Sturheit und mein Verlangen, die beiden Jüngeren kontrollieren zu wollen, hätte ich beinahe unser enges Geschwisterband durchtrennt.«

Er wiegte ungläubig seinen Kopf. Als tadle er sein eigenes Verhalten.

»Zum Glück kam es nicht soweit. Als mir bewusst wurde, was mich wirklich schmerzte, fand ich einen Weg unsere geschwisterliche Verbundenheit in unserem Erwachsenenleben aufrecht zu erhalten. Es war nicht einfach. Das gebe ich zu. Doch es war all die Mühe wert.«

Stolz und Freude legten sich auf Giacomos Gesicht. Die Fältchen um seine Augen erinnerten an Sonnenstrahlen und in seinen Augen war wieder dieses Lebensfeuer zu sehen.

»Ich hatte euch gewarnt. Jetzt ist es soweit«, kündigte er halb scherzhaft an. »Ich werde euch jetzt einen dieser großväterlichen Ratschläge geben.«

Nicht ohne eine gewisse Ernsthaftigkeit sprach Giacomo weiter:

»Die erste Hürde, der sich Geschwister im erwachsenen Alter stellen müssen, ist die Gleichberechtigung.

Es ist nicht immer schön der Erstgeborene zu sein, wisst ihr. Als Ältester ist man sozusagen ein Prototyp. Die eigenen Eltern haben ihr Elternsein an einem versucht.

Selbstverständlich haben sie ihr Bestes gegeben! Das steht außer Frage. Doch wie bei allen Prototypen gab es Verbesserungsbedarf, in diesen Genuss dann die Jüngeren kamen. Als Ältester ist man robuster, man muss es einfach sein. Man lernt schnell Verständnis und Rücksichtnahme, schließlich gilt es die Kleineren zu beschützen. Und so ging ich durch mein Leben, in dem Glauben mehr aushalten zu können als andere. Ich gestehe euch etwas: das geht nicht lange gut. Und falls auch ihr die Erstgeborenen seid, falls auch ihr ein Prototyp seid, dann verrate ich euch etwas: die Welt weiß das nicht! Und ihr müsst es ihr auch nicht zeigen. Ihr müsst nicht immer und überall verständnisvoll und rücksichtsvoll sein. Ihr dürft das lernen. Auch ich habe das gelernt. Und in dieser Lernphase, nennen wir sie mal Nachbackphase, habe ich gesehen wie viel Größe in den Kleineren steckt. Ihr Verständnis und ihre Rücksichtnahme trugen mich durch die schweren Zeiten. Ab diesem Zeitpunkt sind wir Geschwister uns auf Augenhöhe begegnet.

Die zweite Hürde, die es zu meistern gibt - und an der die meisten geschwisterlichen Bande zerreißen - sind die Partnerschaften, die alle im Laufe ihres Lebens eingehen.

Die Lösung, die ich sowohl für mich im Hinblick auf die Partner meiner Schwestern als auch für meine Partnerin in Bezug auf meine Schwestern gefunden habe, ist einfach.«

Giacomo machte eine kurze Pause, um der nachfolgenden Weisheit Respekt zu zollen.

»Es ist unwichtig, wer dieser neue Mensch - der Partner - ist. Woher er kommt. Oder was er tut. Du hast immer zumindest einen wirklich guten Grund ihn zu mögen: Die Tatsache, dass die Person, die dir am Herzen liegt, ihn liebt. Wenn du dich an diesen einen Grundsatz hältst, wird alles gut. Und glaubt mir, mit der Zeit folgen weitere gute

Gründe, die Partner deiner Geschwister zu mögen. Irgendwann sind sie vielleicht die Eltern deiner Neffen und Nichten. Vielleicht fällt dir auf, dass sie einen hervorragenden Kirschkuchen backen oder ihr mögt die gleiche Musik. Und wenn das passiert, ist es einfach wundervoll.

Die Beziehung zwischen zwei Menschen ist wie ein verschlüsselter Geheimcode. Man sollte nicht versuchen ihn zu verstehen, sondern ausschließlich den beiden Liebenden die Entscheidung überlassen, ob sie zusammengehören oder nicht.

Sowohl ich als auch meine Schwestern haben uns an diesen einen Grundsatz gehalten und die Geheimcodes der anderen respektiert. Und wir verstanden uns all die Jahre gut.

Wir haben auf Hochzeiten getanzt, Babys getauft, Jobwechsel durchlebt, Krankheiten überstanden, Schicksalsschläge überwunden und gegen Ende auch liebe Menschen auf ihrem letzten Weg begleitet. Das alles haben wir gemeinsam gemacht.

Dafür bin ich unendlich dankbar.

Geschwister sind das sichere Segelboot, das dich durch das stürmische Meer namens Leben bringt.

Sie schenken dir die reinste Form der Freundschaft. Ehrlichkeit ist ein zentraler Grundpfeiler dieser Freundschaft. Natürlich gab es nicht zuletzt wegen unserer offenen Kommunikation auch Meinungsverschiedenheiten und Reibereien. Diese gehören ebenfalls zum Leben. Aber schlussendlich sind wir immer mit einer engeren Verbundenheit daraus hervorgegangen. Und waren nicht zuletzt auch als Menschen klüger und weiser.

Deine Geschwister sind die einzigen Menschen, die wirklich wissen, woher du kommst - wie und warum du zu dem geworden bist, der du heute bist.

Habt ihr schon einmal die eigene Dynamik bemerkt, die zwischen Geschwistern herrscht. Mitunter werden sie auch als Erwachsene richtig kindisch. Die gemeinsame Zeit ist ein wunderbarer und kostengünstiger Jungbrunnen. Wenn man mit seinen Geschwistern zusammen ist, erinnert man sich an seine eigene Größe. Denn diese Menschen kannten das Kind, das voller Träume und Hoffnungen war und die Gewissheit besaß, alles erreichen zu können, was es sich vorgenommen hatte. Sie wissen sozusagen um den ungeschliffenen Rohdiamanten Bescheid, der immer noch in uns liegt. Es herrscht diese besondere Vertrautheit - man traut sich einfach man selbst zu sein.«
Giacomo lächelte.
»Mein Lebenstraum war es somit, meine alte und meine neue Familie in Harmonie zu vereinen und im Kreise meiner Lieblingsmenschen mein Leben zu verbringen. Man muss sein Segelboot pflegen, um den Stürmen des Lebens zu trotzen.«
»Dort draußen«, er deutete über das Meer, »warten genug Schwierigkeiten. Da ist es wichtig ein gutes Boot und einen sicheren Hafen zu haben. Und dieser Hafen trägt den Namen Familie.«
Leon schlug die Augen nieder und blickte bedrückt zur Seite. Als ob Giacomo seine Gedanken lesen konnte, fuhr er fort. »In unständigen Zeiten wie diesen ist Familie weit mehr, als die Menschen desselben Blutes. Familie, das sind die Menschen, die dir helfen, zur besten Version deiner Selbst zu werden. Du kannst überall deinen sicheren Hafen finden und Menschen die mit dir durch die Stürme segeln.«
»Und was das Segeln angeht«, er drehte sich um und zeigte auf ein kleines Gebäude hinter ihnen, auf dem in großen Lettern *»Giacomo & Famiglia«* stand. »Das ist mein Geschäft«, sagte er mit Stolz. »Ich habe mich auf Bootsbau

spezialisiert. Und das Meer liebe ich natürlich immer noch. Zu meinem 70. Geburtstag habe ich eine Kreuzfahrt geschenkt bekommen. In drei Tagen brechen wir auf: Wir drei Geschwister und unsere Partner.«

Giacomos Augen glänzten. Er nahm zuerst Sophias, dann Leons Hand und drückte beide leicht. Drei Augenpaare waren auf das Meer gerichtet. So saßen sie eine kleine Weile stumm da. Sie beobachteten die Wellen. Ihr ewiges Kommen und Gehen. Dann beendete Giacomos dunkle Stimme die friedliche Szene. „Habt eine sichere Reise", wünschte er ihnen zum Abschied. Und die beiden Jungen wussten, dass er damit weit mehr als ihre Auftragsreise meinte.

Die Begegnung mit Giacomo, diesem wachsamen Träumer, der in familiärer Verbundenheit sein Leben verbrachte, hinterließ in Leon und Sophia ein warmes Gefühl der Rührung. Gedankenverloren schlenderten sie die Hafenpromenade entlang.

Leon dachte an Julian, seinen jüngeren Bruder. In seiner eigenen, durch die Trennung seiner Eltern hervorgerufenen Verletztheit, hatte er in den letzten Monaten kaum einen Gedanken an ihn verloren. Julian der Sonnenstrahl, der Regenbogenzähler, der Menschenliebling, der Optimist. Er war so ganz anders als Leon. Und zum ersten Mal begann Leon ihn besser zu verstehen. Vielleicht war das einfach Julians Art zu überleben. Vielleicht suchte er die Gesellschaft, in Momenten in denen Leon sich in die Einsamkeit floh. All diesen Unterschieden zum Trotz fühlte Leon, dass Giacomo Recht hatte. Julian, sein Bruder, war der einzige, der seine Geschichte verstehen konnte. Und als Team würden sie ihr Segelboot durch das stürmische Meer namens Erwachsenwerden lenken. Dieses Bild fand seinen Weg in Leons Herz und sollte ein Leben lang dort bleiben.

Auch Sophia war still geworden. Giacomos Erzählung hatte einen Teil in ihrer Seele wach gerüttelt. Einen dunklen Teil, der ganz weit unten auf den Seelengrund fast in Vergessenheit geraten da. Doch dort unten, aus dem Verborgenen, wirkte er und zog große Kreise in ihrem jungen Leben. Als Giacomo von seinen beiden Schwestern sprach, erinnerte sich Sophia. Sie wollte immer Geschwister haben. Sehr sogar. Jeden Abend vor dem Einschlafen schickte sie die Bitte nach einem kleinen Brüder- oder Schwesterchen gegen Himmel. Doch eines Tages im Alter von acht Jahren stoppte sie dieses abendliche Ritual. Es war der erste Herzenswunsch in ihrem Leben, der nicht in Erfüllung ging. Fortan erlaubte Sophia sich nie mehr, sich etwas mit vollem Herzen zu wünschen. Ihre Wünsche beinhalteten immer einen Vorbehalt, eine Art Sicherheitsschranke, die sie vor allzu großer Enttäuschung bewahrte. Giacomo jedoch hatte sie gelehrt, dass man sich zwar etwas vornehmen kann, doch bestimmte Unternehmungen auch vom guten Willen anderer Menschen abhängig sind. Man muss diesen Menschen, die ihre Rolle in der Unternehmung haben, ihren freien Willen lassen. Auch auf die Gefahr hin, dass der eine oder andere Wunsch vielleicht nicht in Erfüllung geht. Lernt man diese Lektion nicht früh genug, ergeben sich daraus zwei mögliche Überlebensstrategien.
Die erste, der Sophia bis zu diesem Tag gefolgt war, ist das Wünschen mit Vorbehalt. Man traut sich nie mehr einem Wunsch vollkommen und ganz nachzugehen. Die mögliche Nichterfüllung des Wunsches wäre einfach zu schmerzvoll.

Die zweite Strategie, der viele andere Menschen folgen und zu der auch Giacomo tendiert hatte, ist der Kontrollzwang. Damit man seine eigenen Wünsche in Erfüllung gehen sieht, versucht man jede Situation und jeden Menschen ständig zu kontrollieren. Das kann mitunter ganz schön anstrengend werden. Und schlussendlich gelingt es einem dann doch nicht. Denn das Leben ist wie das Meer – unbeständig und launenhaft. Der ständige Versuch es zu kontrollieren, somit jede Welle vorauszusehen, würde einen nur erschöpfen. Mit der bitteren Konsequenz, dass man letzten Endes in totaler Erschöpfung nicht mal mehr sich selbst kontrollieren kann.

Kapitel 7

Auf dem Weg zurück Richtung Zentrum kamen Leon und Sophia an einem kleinen Platz vorbei. Die warme Mittagssonne hatte sie entkräftet und sie sehnten sich nach einem Ort zum Rasten. Ihre suchenden Blicke fielen auf eine weiße Mamorstatue, welche die Platzmitte markierte. Sie steuerten auf die Statue zu und lehnten ihre müden Körper gegen den kühlen Stein.
Etwas ließ sie aufhorchen. Ein bitteres Schluchzen durchbrach messerscharf die Stille. Sophia lugte achtsam um eine Ecke des Statuensockels. Auf der gegenüberliegenden Seite, zu Füßen der Statue, kauerte ein schwarzes Häufchen Elend. Sachte zog Sophia Leon am Arm. Und beide traten vorsichtig ein paar Schritte näher. Einen halben Meter vor ihnen sahen sie eine junge Frau im dunklen Kostüm. Neben ihr lag eine übergroße Aktentasche. Ihre Füße hatte sie von den unbequemen engen und hohen Schuhen befreit und ihre rotlackierten Nägel wippten im Takt ihres hemmungslosen Schluchzens. Die Frau wähnte sich alleine. Leon, peinlich berührt, zuckte ratlos die Achseln. Seine Glieder verkrampften sich. Weinen ist doch eine sehr private Angelegenheit. Vielleicht wäre es besser sich einfach leise wegzuschleichen. Sophia hingegen machte keine Anstalten zu gehen. Es war ihr nicht möglich, diese Frau in ihrem eigenen Tränenmeer ertrinken zu lassen. Vorsichtig räusperte sie sich. Nichts. Es folgte ein weiterer Versuch, diesmal etwas energischer. Das zweite Räuspern hatte das Schluchzen übertönt. Erschrocken hob die junge Frau den Kopf. Unter zerzausten braunen Locken kam ein bekanntes Gesicht zum Vorschein.
Irgendwo hatten sie diese Frau schon gesehen.
Tatsächlich.

Vor ihnen saß die junge Businessfrau, die Leon gestern hektisch zu Boden gestoßen hatte. Argwöhnisch wich Leon zurück. Sophia hingegen trat noch näher an die junge Frau heran. Sie hatte ein Taschentuch aus ihrem Rucksack gekramt und reichte es der jungen Frau mit einem zaghaften Lächeln. Die Frau lehnte mit einem heftigen Kopfschütteln ab.
»Alles in Ordnung«, fragte Sophia mitfühlend.
»Alles in Ordnung?«, äffte die junge Frau ihr nach. »Schaut das für dich aus, als ob alles in Ordnung wäre? Nichts ist in Ordnung. Rein gar Nichts.«
Leon griff Sophias Schulter, um sie zum Gehen zu bewegen. Diese jedoch riss sich los und hockte sich neben die junge Frau auf die Steintreppe.
»Wir möchten sie keinesfalls stören. Ich … ich möchte mich nur vergewissern, dass ihr Tränenfluss nicht ewig anhält. Wird er? Ich meine, sind da noch viele Tränen, die sie vergießen müssen?«
Die Frau starrte sie stumm an. Ihre Gesichtszüge wurden versöhnlicher und ein wenig weicher. »Ich weiß es nicht«, antwortete sie schniefend. »Ich weiß es wirklich nicht«, diesmal mehr zu sich selbst als zu Sophia. Ihre Stimme war brüchig. Verlegen blickte sie zu ihren nackten Zehen. Sie schien sich zu schämen. Sie war es offenbar nicht gewohnt Schwäche zu zeigen.
»Mhm. Ich verstehe. Passen sie gut auf sich auf.« Sophia wollte die junge Frau keinesfalls bedrängen. Sie erhob sich ruhig und wandte sich zu Leon.
»Es ist alles schief gegangen«, sprach die Frau leise. In ihrer Stimme schwang eine Welle von Enttäuschung mit. Zeitlupenartig, als wolle sie die Frau nicht verschrecken, drehte sich Sophia wieder um und ließ sich abermals neben ihr nieder.

»Was ist denn so fürchterlich schief gegangen?«, tastete sie sich langsam heran.
»Mein Plan. Mein Plan vom Leben«, gab die Frau zur Antwort. Hoffnungslosigkeit umhüllten ihre Worte.
Eine dünne Schicht Gänsehaut zierte Sophias Arme und ein Schaudern überkam sie. Etwas Düsteres ging von dieser Frau aus. Noch nie hatte Sophia eine solche Dunkelheit gespürt. Doch sie fühlte keine Angst. Nur Hilflosigkeit und das Verlangen einfach Dasein zu wollen. Sich für ein Weilchen an diesen dunklen Ort zu begeben. Zu hören, was dort vor sich ging.
Gequält fuhr die Frau fort. Es machte ihr Mühe die einzelnen Worte an ihrem Schluchzen vorbei zu schwindeln, um sich Gehör zu verschaffen.
»Es war alles durchgeplant. Ich hatte es so schön geplant. An alles habe ich gedacht. Wirklich an alles! Jedenfalls fast alles. Eine einzige winzig kleine Sache hatte ich vergessen. Ich hatte einfach vergessen einzuplanen, dass nicht alles nach Plan verlaufen könnte.« Sie lachte. Doch es war kein echtes Lachen. Ihre Grübchen waren nicht zu sehen.
»Ich habe alles gegeben, um mein Ziel zu erreichen und auf so manches verzichtet. In der Hoffnung, dass es irgendwann besser wird. Doch irgendwann ist kein Datum im Kalender. Irgendwann ist nie gekommen.« Sie lachte abermals ihr gequältes trauriges Lachen.
»Jetzt hetze ich automatisiert durch mein Leben. Ich lebe zwar, aber jegliche Lebendigkeit ist mir abhandengekommen. Wisst ihr, er ist nicht so wie ich ihn mir erträumt habe, der liebe Traumjob.«
Ihr Blick schweifte abwesend in die Ferne.
»Ich wusste bereits früh was ich mir vom Leben erwarte. Ich war eines jener Kinder, die nie wirklich Kind waren. Überlegt und ernsthaft. Ja, so haben mich andere oft

beschrieben. Doch das war mir egal. Ich mochte meine Zielstrebigkeit. Ich mochte es Pläne zu schmieden. Hingegen konnte ich es nie verstehen, wie man sich dem Leben einfach hingeben konnte. Wie man alles auf sich zukommen lassen konnte. Wahrscheinlich fehlte mir dazu einfach das Vertrauen. Hingeben war für mich immer gleichbedeutend mit Aufgeben. Das Aufgeben der eigenen Pläne und Ziele. Doch in letzter Zeit überlege ich immer öfter, ob eine vollkommene Hingabe an das Leben - sofern man das halt kann - nicht eine angenehmere Art zu leben wäre. Gegen den Strom schwimmen kann mitunter nämlich sehr anstrengend werden. Es stiehlt einem die Kraft und manchmal sogar die Lebendigkeit.«
Sie schenkte ihren Blick wieder Sophia.
»Naja, ich jedenfalls hatte mich für den anstrengenden Weg entschieden. Ich hatte eine Vision - einen Traum, für den ich hart gearbeitet hatte. Und vielleicht habe ich gar keinen Grund mich zu beschweren. Schließlich habe ich meine Vision verwirklicht. Ich war eine gute Schülerin und eine gute Studentin. Und als es dann galt sich für einen Job zu bewerben, bin ich artig zu den Bewerbungsverfahren gepilgert. Eine Viehschau war das.«
Sie runzelte die Stirn. Und die anfängliche Härte setzte sich erneut auf ihren Wangen nieder.
»Oder sollte ich besser sagen, ein Konkurrenzkampf. Ich weiß es nicht. Schlimm war es jedenfalls. Müde und leer war ich an solchen Tagen.«
»Warum war das solch ein Kampf einen Job zu bekommen, wenn sie doch so gut waren«, brachte Sophia ihr Unverständnis zu Tage.
»Ja, das war mir lange Zeit auch ein Rätsel. Gut sein alleine ist nicht ausreichend. An diesen Bewerbungstagen wirst du als Mensch beurteilt. Es zählt nicht nur dein Können. Du

musst sozusagen in dieses Umfeld passen. Als Bewerber wirst du eingehend gemustert. Die Jury beobachtet wie du deinen Kaffee trinkst, ob du zu den Brötchen greifst, mit deinen Mitbewerbern sprichst ... Manchmal glaubte ich sogar, sie zählen mit, wie oft man zur Toilette muss. Anstrengend war das. Ich habe mir ja vorab ein Bild von dem Berufsfeld gemacht und wusste, wie ich mich zu verhalten hatte. Die Teile von mir, die diesem Feld entsprachen hab ich natürlich hervorgekehrt. Geschmückt und nach außen getragen. Die anderen. Die, die mich auch ausmachten, die jedoch so gar nicht in das typische Bild der perfekten Bewerberin passten, habe ich weggedrückt. Ganz viel Druck ist da entstanden. Zäh und schwer fühlte es sich in mir an. Und ich habe mich ganz schön unvollkommen gefühlt. Aber bemüht habe ich mich. So sehr bemüht.«
Sie fuhr sich mit den Handrücken an die Stirn, als versuche sie die auftretenden Sorgenfalten glatt zu streichen.
»Wenn es dann wieder einmal eine Absage hagelte, hatte ich ein gemischtes Gefühl. Enttäuscht war ich natürlich. Und traurig war ich. Vor allem wenn ich sah, wie meine Eltern mit mir fühlten. Doch dann war da noch etwas. Etwas, das ich mir lange Zeit selbst nicht eingestanden habe. Geschweige denn den Mut gehabt hätte, es jemand anderem zu verraten.« Die junge Frau stockte. Sie biss sich auf die Lippen.
»War dies das erste Mal, dass sie dieses Gefühl in Worte fasste«, fragte sich Sophia.
Die Frau hatte nun die Augen geschlossen. Ein kleiner Seufzer war hörbar. »Erleichtert war ich. Ja, ich war erleichtert, nicht einen Job annehmen zu müssen, in dem ich mich ständig hätte verbiegen müssen.«
Sie schwieg kurz.

»Doch das Tätigkeitsfeld selbst war immer noch mein Traum. Ich hielt daran fest. Und dann klappte es eines Tages doch. Oh, wie stolz ich auf mich war.«
Sie schien sich an dieses Gefühl zu erinnern. In ihren Augen blitzte Etwas auf. Nur für einen Moment. Dann versank es wieder im trüben Tränengewässer.
»Doch es ist alles nicht so wie ich es mir vorgestellt habe.« Letzteren Satz presste sie durch ihre roten Lippen, die sie zu einem langen Strich verzogen hatte.
Leon hatte sich in der Zwischenzeit neben Sophia gesetzt. Er spürte, dass keine Gefahr von dieser Frau ausging. Ihre Ehrlichkeit und ihre Verletzlichkeit machten sie für ihn greifbar. Sie machten sie menschlich. Leon verstand nun, dass sie weder gemein noch böse war, wie er gestern dachte. Diese Frau wurde nur gerade vom Leben geprüft. Und es war eine harte Prüfung wie es schien.
»Mein Arbeitsumfeld ist eiskalt. Seht mich an.« Sie deutete an ihrer Silhouette hinunter. »Dunkle Kleidung vermittelt Seriosität.«
Wiederum ertönte dieses kalte Lächeln. Oder war es nur ein Schnappen nach Luft zwischen all dem Schluchzen?
»Als ob Kleidung etwas über den Charakter oder die Kompetenz eines Menschen aussagen würde. Aber ich musste mich anpassen. Anpassung sichert Überleben. Nun gebe ich die Hälfte meines Gehalts für Geschäftskleidung und die andere Hälfte für Literatur aus. Sodass meine Seriosität und meine Kompetenz von außen und von innen gesichert sind.«
Verächtlich gab sie ihren schwarzglänzenden Schuhen einen Tritt. Sie atmete tief ein. Ihr Schluchzen klang langsam ab. Auf ihren rotfleckigen Wangen saßen unzählige Tränen, wie Tautropfen auf Mohnblumen. Hektisch kramte sie ein

Taschentuch hervor, um die Beweise ihrer Verletzlichkeit wegzuwischen.

Stumm beobachteten Leon und Sophia, wie sie ihre Augen abzupfte und dann einen Spiegel und ein Kosmetiktäschchen hervorholte. Sie puderte sich die Mohnblumen aus dem Gesicht. Bis nur noch eine glatte porzellanfarbene Fläche übrig war. Ihr Blick im Spiegel huschte zu ihren Lippen. Der Anblick war ihr unerträglich und sie ließ beide Hände samt Spiegel in ihren Schoß sinken.

Traurig sprach sie ihren Gedanken aus: »Meine Mundwinkel sind zu diesem Lächeln gefroren.« Sie deutete mit zittrigen Fingern auf den breiten schmalen Strich in ihrem Gesicht. »Jeder lächelt ständig in meinem Arbeitsumfeld. Nur leider weiß man somit nie, ob man gerade angelächelt, belächelt oder gar ausgelacht wird. Als kleines Mädchen hatte ich Angst vor Masken. Ich erinnere mich noch genau. Im Korridor meiner Tante hing eine große venezianische Maske. Ihre Augen waren mit goldenen Verzierungen und glitzernden Steinchen geschmückt. Schwarze und weiße Federn ragten ihr aus dem Kopf. Ich traute mich nie daran vorbeizugehen. Ehrfurchtsvoll blickte ich sie dann immer an. Ich fragte mich so oft, was sie wohl denken mochte. Man konnte es nie sagen, denn sie sah immer gleich aus. Hübsch, ja. Lächelnd, ja. Aber ihre schwarzen Augenhöhlen waren dumpf und starr. Eines Tages fragte mich meine Tante, warum mir denn die Maske nicht gefiel. Da gestand ich es: Ich fürchtete mich vor ihr.«

Die junge Frau hielt kurz inne. Als erinnerte sie sich gerade erst selbst wieder an dieses Gefühl. Ihre Zeigefinger kratzten nervös ihren Daumen entlang. Rauf und runter - runter und rauf. Dann nickte sie leicht.

»Ich hatte Angst vor Masken, da sie Gefühle verbergen.« Eine Pause entstand. Sie schloss für einen kurzen Moment die Augen. Abermals tropften Tränen von ihrer Nase. Dieser letzte Satz hallte in ihrem Inneren fort. Dann sprach sie weiter: »Als Kind hatte ich Angst vor Masken. Heute verlasse ich meine Wohnung nie ohne eine aufzusetzen. Ja, Masken verbergen Gefühle. Das kann mitunter ganz hilfreich sein.«

Eine Woge unangenehmer Stille machte sich breit.

Dann fasste Leon sich ein Herz und ergriff das Wort: »Du hast recht. Du hast wirklich verlernt zu lachen. Weißt du, wenn man richtig lacht, dann sind Grübchen zu sehen. Dein Lächeln hingegen ist eine maskenhafte Grimasse.«

Die junge Frau sah ihn mit großen geröteten Augen an. Es tat weh das zu hören. Aber es war auch erfrischend. Die Ehrlichkeit tat ihr gut. Leon griff nach einem Füller, der im vorderen Fach des Aktenkoffers steckte. Er klemmte ihn sich zwischen Oberlippe und Nase. Es wollte nicht gleich klappen. Der Füller fiel zu Boden. Sophia sah ihn ratlos an. Leon hob den Füller auf und versuchte es nochmals. Da - zwei tiefe Grübchen kamen links und rechts zum Vorschein. Sophia gluckste. Leon sah einfach zu komisch aus. Er ließ den Stift fallen und wandte sich an die junge Frau: »Hast du sie gesehen. Hast du meine Grübchen gesehen. Daran erkennst du ein echtes Lächeln. Und mit der Hilfe dieser kleinen Übung kannst du auch dein eigenes Lachen wieder finden. Komm, versuch es.«

Die Businessfrau hatte leicht geschmunzelt. Jetzt wurde sie jedoch wieder ernst. »Das ist doch kindisch ...«, wehrte sie ab.

»Genau!«, kam Sophia Leon zur Hilfe. »Darum geht es doch. Es ist kindisch. Wann warst du das letzte Mal so richtig kindisch und ausgelassen?« Auch Sophia traute sich nun die junge Frau zu duzen. »Du hast selbst gesagt, deine Lebendigkeit sei dir abhandengekommen. Das Kind in dir

erinnert sich sicher noch, wie sich Lebendigkeit anspürt. Versuch es! Bitte!«
Leon und Sophia blickten die Frau erwartungsvoll an und Leon streckte ihr bestimmend den Stift entgegen. Irgendwie konnte sie ihnen die Bitte nicht abschlagen. Zaghaft nahm sie den blauen Füller und versuchte, ihn sich zwischen Oberlippe und Nase zu klemmen. Sie setzte ihr gewohntes Lächeln auf. Und der Stift fiel sogleich zu Boden.
»Das ist wirklich dumm.«
»Versuch es nochmal«, ermutigte sie Sophia. Sie nahm den Spiegel an sich und hielt ihn der jungen Frau vor das Gesicht. »Du musst die Grübchen hervorlocken.«
Die Frau seufzte und drehte die Augen über. Doch schließlich gab sie Sophias Bitte nach und versuchte es nochmals. Diesmal gelang es ihr und ihr komisches Antlitz im Spiegel ließ sie herzhaft lachen. Es war erquickend und in ihre seegrünen Augen kam die Farbe zurück.
»Ich danke euch beiden für die kleine Aufmunterung! Mein Name ist Gloria«, fügte die junge Frau ihrem Lachen hinzu.
Aufmunterung - Sophia ließ sich das Wort auf der Zunge zergehen. Steckte darin nicht das Wörtchen *»munter«*. Wenn man jemanden aufmuntern muss, bedeutet dies, dass er schläft, dass er im Sorgenmeer ruht und man ihn wecken muss? Ganz bestimmt. »So muss es sein!«, kam sie zu dem Entschluss. Und Gloria musste ganz dringend aufgeweckt werden.
»Verzeih mir falls ich dich kränken sollte Gloria, aber glaubst du wirklich es ist dein Lebenstraum diesen Beruf auszuüben, wenn das bedeutet, dass du ständig eine Maske tragen musst? Dass du nie du sein darfst?«, platzte Sophia heraus.

Glorias Lächeln verschwand wieder. »Ich weiß es nicht. Ich weiß es wirklich nicht.« Diesen Satz hatte sie schon einmal gesagt.
Eine weitere Pause entstand. Diesmal länger als zuvor.
Fast unerträglich lange.
Gloria hatte sich aufgemacht in ihr eigenes Land von Licht und Schatten. Dann nahm sie das Wort wieder auf. »Wisst ihr, einer Depression liegt nicht der Wunsch zu sterben zugrunde, sondern ein Hunger nach Leben. Ich bin hungrig nach dem Leben. Ich habe Sehnsucht nach meinem Leben.«
Als Gloria diese Worte aussprach, sah Leon zum ersten Mal, dass sich etwas in ihren Augen regte.
»Ich«, sprach Gloria zaghaft weiter, »ich habe das Gefühl, dass da noch mehr ist. Doch ich weiß weder was noch wie ich es erreichen soll.«
»Warum begibst du dich dann nicht auf Entdeckungsreise«, wollte Sophia wissen.
»Es ist zu spät. Ich kann doch nicht meinen angesehenen Job hinschmeißen, um auf die Suche zu gehen nach … ich weiß doch nicht einmal nach was«.
»Wie alt bist du«, stellte Leon plötzlich eine dieser Fragen, die man Fremden eigentlich nicht stellte.
»32«, antwortete Gloria gerade heraus.
»Verstehe. Also ich finde das traurig.«
»Was findest du traurig«, forschte Gloria irritiert nach.
»Na ich finde es traurig, dass du mindestens weitere 40 Jahre unglücklich sein wirst«, erläuterte Leon, als wäre es die logischste Sache der Welt. »Willst du das wirklich?«
»Natürlich nicht!«, brach es aus Gloria hervor. »Älter werden ist nicht schlimm. Was richtig schlimm an jedem weiteren Geburtstag ist, dass ich meine Altersziele nicht erreicht habe.«

»Deine Altersziele?«, Sophia hatte dieses Wort noch nie gehört.
»Ja das sind die Ziele die man bis zu einem gewissen Alter erreicht haben muss. Ein paar dieser Ziele setzte man sich selbst, andere hingegen werden einem von außen auferlegt.«
»Ich verstehe das ebenfalls nicht«, meldete sich Leon zu Wort.
»Na zum Beispiel „Bis zum 28. Lebensjahr sollte man ein tolles Auto und den Vertrag für eine Eigentumswohnung unterschrieben haben. Mit 30 sollte ein Brillant am linken Ringfinger glitzern und die Entscheidung, Kinder ja oder nein, solltest du getroffen haben. Und dann gibt es noch weitere solcher Altersziele. Ihr seht ab einem gewissen Alter machen Geburtstage keinen Spaß mehr. Ihr habt somit Recht, wenn ihr prognostiziert, dass das Unglück mich auch die nächsten Jahre begleiten wird.«
»Wenn du dir dessen bewusst bist, warum änderst du es nicht? Warum sagst du, dass es bereits zu spät wäre. Es ist keinesfalls zu spät, Gloria«, bestärke Leon sie.
Gloria dachte nach.
Sie schien einen inneren Kampf auszufechten. Das Funkeln in ihren Augen blinkte immer wieder auf, wie das Signallicht eines Leuchtturms an einem stürmischen Tag.
»Was würden die anderen sagen?«, warf sie dann ein.
»Was sagen sie jetzt?«, erkundigte sich Sophia.
»Keine Ahnung«, gab Gloria ehrlich zur Antwort.
»Sind sie stolz auf dich? Unterstützen sie dich? Loben sie dich?«, versuchte Leon ihr zu helfen.
»Ja. Nein. Manchmal. Ich weiß es nicht.« Gloria war wirklich ratlos.
»Also die Anerkennung und das Lob der anderen reichen nicht aus, um dich glücklich zu machen. Das scheint zu wenig zu sein. Du musst dir also dein Glück selbst schaffen.

Nun, stell dir mal vor wie es wäre, wenn du wirklich glücklich bist. Wäre es dann noch von Bedeutung was die anderen denken?«

Sophia sah tief in Glorias grüne Augen während sie sprach. Sie lauerte. Sie wartete darauf, dass das Funkeln wieder aus dem Trüben auftauchte.

Gloria hielt den Atem an. Wie konnte dieses Mädchen so weise sein. Sie dachte über ihre Worte nach. Ihr Herz kannte die Antwort bereits und ihr Kopf schien sich langsam daran zu erinnern.

»Wenn ich glücklich wäre, dann wäre es wahrscheinlich unwichtig, was die anderen sagen«, teilte sie nach einer Weile ihre Überlegungen mit.

»Und doch hast du Angst, dass dir Lob und Anerkennung versagt blieben, wenn du dich daran machst deinen wahren Lebenstraum zu suchen?« Leon konnte das nicht verstehen.

»Ja. Ich denke genauso ist es«, stimmte Gloria ihm zu. Und dann sich rechtfertigend: »Auch wenn es verrückt klingt.«

»Was, wenn du diese Angst überwindest? Was, wenn du dich traust ohne Garantie auf Anerkennung und Lob deinen Lebenstraum zu verfolgen«, ermutigte Leon sie.

»Wenn du denkst es ist waghalsig, frage dich, ob es nicht auch mutig sein könnte. Wenn du glaubst es sei naiv, prüfe, ob es nicht auch hoffnungsvoll ist. Wenn du meinst es ist riskant, fühle, ob es nicht ebenso gut vertrauensvoll sein könnte. Wenn du davon überzeugt bist, dass es verrückt ist, traue dich zu fragen, ob es nicht der Anfang von etwas unendlich Schönem sein könnte.« Mit dieser Ansprache hatte Leon sich Gehör verschafft. Nun blickte er Gloria zuversichtlich an.

»Aber ich weiß doch nicht wo ich anfangen soll. Wie soll ich den ersten Schritt machen. Es ist alles so ungewiss«, wehrte Gloria Leons Idee ab.

»Du musst jetzt nicht antworten«, sprach Sophia, »aber kann es noch schlimmer werden als jetzt. Könnte die verrückteste Sache, die dir in den Sinn kommt - diese eine Sache, die du nie im Leben geplant hättest - könnte diese dein Leben noch schrecklicher machen, als du es jetzt empfindest?«
Gloria entschloss sich zu antworten. »Nein«, hauchte sie. »Der Boden ist erreicht Ich kann nicht mehr tiefer fallen.«
»Und du fühlst diese Sehnsucht nach deinem Leben. Kann es sein, dass diese Sehnsucht ein Zeichen dafür ist, dass dieses Leben, dieser Lebenstraum, den du als deinen bezeichnest, bereits irgendwie existiert. Vielleicht hast du ihn nur vergessen?«, wagte sich Sophia forscher vor.
»Vielleicht ...", gab Gloria leise von sich. Und dann lauter, wütend und enttäuscht. »Vielleicht ist es aber auch ungesund sich nach etwas zu sehnen. Steckt nicht schon im Wort Sehnsucht das Wörtchen Sucht? Man sollte keiner Sucht verfallen. Man sollte sich von nichts abhängig machen. Auch nicht von Träumen. Vielleicht sollte man sich einfach abfinden mit dem was ist. Manche Menschen sind eben glücklich und andere nicht.«
»Sehnsucht«, Leon zog das Wort bewusst in die Länge, wie einen zu lange im Mund behaltenden Kaugummi. Dann lächelte er verschmitzt. »Und was, wenn in dem Wort Sehnsucht das Wörtchen suchen steckt? Was, wenn man dazu aufgefordert ist zu suchen, wonach man sich so sehnt?«
Gloria überlegte fieberhaft. Unruhig rutschte sie auf der Steintreppe hin und her und runzelte die Stirn. »Vielleicht ist die ewige Suche nach dem Glück das, was uns wirklich unglücklich macht.«
»Niemand hat behauptet, dass die Suche ewig dauern würde. Sobald man sich daran erinnert was man sucht, stellt sich das Finden meist von selbst ein«, bemerkte Sophia.

Ein zaghaftes Nicken. Glorias Augen funkelten wie Smaragde. Dann verwarf sie die Idee mit einem heftigen Kopfschütteln wieder.

»An was hast du gedacht, Gloria«, fragte Sophia, die ihre Gesichtsregungen aufmerksam studiert hatte, aufgeregt.

»An Nichts«, wehrte Gloria ab.

»Erzähl uns von diesem Nichts«, bat sie Sophia.

»Ach. Ich habe an die eine Sache gedacht, die ich mein ganzes Leben lang mal bewusst, mal unbewusst gesucht oder zumindest irgendwie versucht habe. Und für einen kurzen Moment dachte ich, dass diese Sache vielleicht die Wurzel meines Lebenstraumes sein könnte.«

»Möchtest du sie uns verraten?« Leon wurde augenscheinlich ganz zappelig. Ohne es zu bemerken hatten sie die eine Person gefunden, die sich an ihren vergessenen Lebenstraum erinnern sollte.

Es war still auf dem kleinen Platz. Die warme Herbstsonne schien auf die Statue und die drei Personen zu ihren Füßen und beleuchtete die Kulisse wie ein Bühnenscheinwerfer.

»Es ist kindisch«, wisperte Gloria.

»Leon und ich haben in den letzten Tagen erfahren, dass einem Lebenstraum oft ein kindlicher Gedanke zugrunde liegt. Das ist also nicht ungewöhnlich, Gloria«, ließ Sophia sie an ihrem Wissen aus Matteos und Giacomos Geschichten teilhaben.

Glorias Augen füllten sich mit Tränen. Doch es waren andersartige Tränen. Durchsichtig schimmernd. So ganz anders als die zuvor vergossenen. Die letzten Schattenzüge wichen aus Glorias Gesicht und ein Sonnenstrahl berührte sie.

»Mein Traum war es«, sie hielt inne. »Mein Traum *ist* es Menschen zu verbinden. Sie aller Unterschiede zum Trotz zusammenzubringen. Ihr Wissen zu vereinen. Zum Vorteil aller.«

Kaum hatte Gloria diese Worte in die Welt geschickt, machte sich ein helles Strahlen auf ihrem Gesicht breit. Sie sprang auf. Schüttelte sich leicht, um die letzten Spuren von Traurigkeit und Schwere hinter sich zu lassen. Sie umarmte Leon und Sophia stürmisch und bedankte sich.

Ich danke euch. Ich weiß jetzt was zu tun ist. Ja, ich weiß es.

»Ich bin mir nun sicher!« Sie schenkte beiden einen seelenvollen Blick und ein herzliches Lächeln zum Abschied. Diesmal waren die Grübchen zu sehen. Dann schritt sie mit ihrer neugewonnen Leichtigkeit davon.

Vor Leon und Sophia lagen die schwarze Aktentasche und das Paar hoher Schuhe.

»Ich glaube, die braucht sie wohl nicht mehr«, lachte Leon.

»Aber was war nun ihr konkreter Lebenstraum. Wie wird wohl ihr erster Schritt aussehen«, sorgte sich Sophia ein wenig.

»Hast du es gespürt, Sophia? Sie hat ihren vergessen Traum aus dem Archiv gerufen. Ihr Herz hat sich erinnert und ihr Traum musste nur die Worte laut ausgesprochen hören. Er ist zu ihr zurückgekommen. Alles andere ist unwichtig. Sie wird ihn verwirklichen. Sie wird ihn nicht mehr loslassen«, versicherte Leon.

Sophia schien noch ein wenig zu zweifeln. Da umarmte sie eine warme Luftströmung und begann sie hinfort zu ziehen.

»Wir haben es geschafft Leon, der erste Traum hat das Archiv der vergessenen Träume verlassen ...«